KB202559

그리움은 채소처럼 푸르다

그리움은 채소처럼 푸르다

양동근 지음

| 머리말

　지면으로 인사드리게 된 것을 기쁘게 생각합니다.

　2008년 2월 《시와 수필》에 「소장수 선생님」이라는 수필로 등단한 지 16년 만에 지난날의 고백을 모아서 「그리움은 채소처럼 푸르다」를 출간하였습니다.

　그동안 인생의 뒤안길을 산책하는 기분으로 쉬엄쉬엄 글을 쓰지 못하고 때로는 불면의 밤을 지새우면서 자판의 키보드를 두들긴 적도 있었습니다.

　삶의 이야기를 내적, 외적 요인에 흔들리지 않고 쿨하게 옮긴다는 것은 고뇌의 시간이었습니다.

　내 고향 진주에서 보낸 어린 시절과 학창 시절, 군대 생활, 교직 생활, 사회생활을 통해서 경험했던 이야기를 수록하였습니다.

　앞으로도 은혜 충만한 시간 속에 아름답고 넉넉한 채움의 글을 쓸 수 있기를 바랍니다.

2025년 1월 양동근

| 양동근(청주) 약력

- 진주고등학교 졸업
- 국립경상대학교 농대 졸업
- ROTC 6기(의정장교) 중위 전역
- 서울 송파구 KASFA 헬스클럽, 부산시 중구 대한체력관, 부산시 사상
  구 금성체력관 대표관장 역임
- 부산시 생활체육씨름연합회 수석부회장 역임
- 경기도 장호원고, 원삼중학교, 김해고등학교, 김해농고 교사 역임
- (사)한국건강대학 부학장 역임
- (사)한국문인협회 정회원
- (사)부산문인협회 정회원
- 남강문학협회 상임운영위원
- 전원문학회 회원
- 리더스에세이 회원

목차

1.

그리움은 어둠을 해체한다

고상 받기

어린시절에 방안에서 힘겨루기를 할 때 그것을 '고상 받기'라고 했다 고상(항복) 받기는 실외에서 치를 때도 있었는데 한쪽이 코피가 터지거나 사타구니를 강타하여 KO로 승부가 끝난 적도 있었다. 오늘날 격투기(UFC)에서 상대의 몸 위에 걸터앉아 목을 조이거나 팔을 꺾는 방법으로 항복을 받는 경우도 있었다. 어린시절은 옷이 찢어지고 부상의 위험이 있어 어른들이 없을 때를 기다렸다가 방안에서 이런 놀이를 즐겼으니 격투기의 전신이라고 볼 수 있다.

고등학교 시절에는 남강 백사장에서 씨름기술을 익히고 가정교사에게 원하지도 않는 '고상 받기'를 수시로 신청하였다. 그는 서너 살 위인데 국립대 3학년에 재학 중이었으며 대학원에 진학하기 위해 가정교사를 자원하였다. 그는 자정이 임박한 시간까지 학습을 강행하였는데 나는 빨리 자기 위해서 고상 받기를 제안하고 그분의 목을 조이거나 배 위에 걸터앉아서 항복을 받으면 약속한 대로 공부를 끝낼 수가 있었다. 가정교사는 말수가 적고 너그러운 인품의 소유자였으며 독일어 사전을 통째로 외울 정도의 수재였지만 원치 않는 고상 받기로 인하여 골병이 들었을 줄 믿는다.

그분이 고상 받기의 시련을 참고 견디면서 주경야독하여 대학, 대학원 과정을 수석으로 졸업하고 국립종합대학교의 총장이 되었다는 소식을 전

그리움은 채소처럼 푸르다

해 듣고 축하 겸 총장실을 방문하였다. 소탈한 성격의 총장님은 나를 반기면서 '고상 받기'로 학습지도를 소홀히 한 지난날을 소환해서 폭소를 터뜨리게 하였다. 특히 내가 덩치도 크고 몸무게가 무겁기 때문에 체급이 맞지 않아서 불리했다는 점을 강조하였다. 가친으로부터 월급을 받고 책임완수를 못한 것을 총장님도 참회하였다.

　지난날을 회고하면 아버지가 아들을 위해서 가정교사를 붙여 주었지만 당신의 뜻을 헤아리지 못하고 불효한 것을 후회하지 않을 수 없다. 총장님도 '고상 받기'로 얼마나 고생이 많았을지는 짐작하고도 남는다. 몇 해가 지난 후에 총장님은 위암으로 투병하시다 별세하였기에 '고상 받기'의 전설도 영원으로 사라져버렸다. 총장님의 명복을 빌면서 갈음한다.

목수(木手)

목수(木手) 이야기는 괘법동 소재 서부 시외버스터미널 입구에서 금성 헬스클럽을 경영할 때 일어난 실화를 바탕으로 기록한 것이다. 목수는 헬스클럽의 회원으로 등록해서 약 8년 이상 운동하였으며 회원들은 이름 석 자를 생략하고 목수(木手)라고 불렀다. 그는 백수건달이며 여기저기 투전판을 기웃거리고 수시로 주먹을 휘두르는 조폭이었다. 그는 투전판에서 싸움이 벌어지면 항상 가해자로 입건되어 파출소를 안방처럼 드나들었다.

목수(木手)는 새벽 6시가 되면 어디서 나타나는지 규칙적으로 헬스장에 출근하였으며 역한 술 냄새를 풍기고 있었다. 사시사철 백구두를 즐겨 신었고 양복 하의 뒷주머니에는 가죽 지갑을 꽂고 다녔지만 한 번도 소매치기당한 적이 없었다고 자랑하였다. 그는 밤새도록 마신 술이 깰 때까지 운동하였으며 술이 깨지 않으면 체육관에 머물고 있는 시간도 그만큼 더 길어졌다.

그가 체육관에 머물고 있는 동안 나는 귀가해서 아침식사를 하였으니 도움을 받은 것이나 다름없다. 관장이 부재 시는 처음 등록한 회원의 운동 지도까지 할 수 있는 능력을 갖추었기에 부관장이라는 직함을 수여했다. 그리고 사기를 북돋워주는 뜻으로 목수의 사진을 액자에 넣어서 정면

그리움은 채소처럼 푸르다

벽면에 걸어 주었다. 그는 연장자이기 때문에 헬스클럽 친목회를 구성하였을 때는 회장으로 추대해서 자부심을 갖게 하였다.

그러던 어느 날 친목회원의 식당에서 월례회를 개최하였을 때 붕장어회 5인분을 하늬바람에 게 눈 감추듯 먹어치우는 장면을 보고 참석자들은 놀라움을 금치 못하였다. 대부분의 회원들은 배부르게 먹고 이미 수저를 놓은 상태인데 목수는 붕장어회를 모두 양푼에 쓸어 담고 초장에 비벼서 먹었다. 그는 수개월씩 모습을 드러내지 않을 때도 있었으며 자택으로 연락하면 전화를 받지 않았다.

목수(木手)가 잠적한 이유가 궁금한 나머지 백방으로 수소문하면 투전판에서 폭력을 휘두르다 유치장에 수감된 상태였다. 어느 무더운 여름철의 오후에 목수가 우람한 체격의 친구를 동행하고 체육관을 방문하였으며 팥빙수를 대접하겠다고 제안해서 인근의 카페로 갔을 때 그가 화장실을 다녀오겠다고 잠시 자리를 비운 사이에 친구에게 목수(木手)의 직업이 진짜 목수인지를 물어보았는데 새로운 사실을 알게 되었다.

그것은 투전판에서 건달과 격투가 벌어졌을 때 그가 인근의 목공소로 달려가서 양날톱을 들고나오더니 상대의 어깨를 쓸어버린 사건이 있었기에 목수(木手)라는 이름이 붙었다는 것이다. 그의 몸에는 하늘로 승천하는 듯한 정교한 용의 문신이 그려져 있었으며 그것은 교도소에 수감되었을 때 동료 죄수에게 부탁하여 새긴 것이라는 이야기도 들려주었다. 그의 첫 부인은 식당을 하다가 아들 하나를 낳고 폐암으로 사망하였으며 둘째 부인은 당뇨합병증으로 40대 초반에 죽었다.

셋째 부인은 결혼식까지 올리고 살았지만 그녀 역시 위암 판정을 받게 되어 두 번의 수술 끝에 대학병원에서 별세하였다. 필자도 셋째 부인이 별세하기 전에 병문안을 간 적이 있었다. 그녀는 40대 후반의 후덕한 인상을 지니고 있었는데 저렇게 순한 여자가 어떻게 건달인 목수를 만난 것인지 이해할 수가 없었다. 하지만 그에게도 장점이 있었기에 여자들이 붙어서 살았을 것이라고 짐작하였다. 아내는 「자신이 죽고 나면 목수를 돌봐줄 사람이 없다」라고 눈물과 콧물이 뒤범벅된 채 탄식하고 있었다.

그 광경을 옆에서 지켜보자니 가슴이 먹먹해지고 슬픈 감정이 솟구치는 것을 억제할 수 없었다. 그런 일이 있은지 몇 달 후에 셋째 부인이 별세하였다. 넷째 부인은 버스 운전기사의 아내인데 스스로 가출해서 여러 해를 함께 살았지만 그녀가 심경에 변화가 생겨서 전 남편에게 SOS를 보내고 덩치 큰 아들이 데려갔다는 소문이 떠돌고 있었다. 그녀가 떠난 후에는 매일 술에 절어서 광인(狂人)처럼 길거리를 배회하였으며 걸핏하면 주위 사람들에게 행패를 부리는 일이 많았다. 아마도 정든 여인과의 이별을 감당할 수 없었던 모양이다.

그런데, 하늘이 도운 것일까? 한동네에서 생활한 노처녀가 그를 불쌍하게 여긴 나머지 자신의 모든 것을 바쳐서 돕겠다고 자청하였으니 로또복권에 당첨된 행운보다도 더 큰 기적이 일어났다. 물론, 처녀의 부모는 완강하게 반대하였지만 단호한 그녀의 결심을 꺾을 수가 없었다. 그녀와 함

그리움은 채소처럼 푸르다

께 동거한 이후로는 목수(木手)의 인생은 180도 변화를 초래하고 새로운 사람으로 바뀌게 되었으며 그것은 한 여인의 희생으로 이루어진 순애보(殉愛譜)다.

일설에 의하면 그녀의 오빠가 한때 목수(木手)의 수하에서 똘마니로 행세하였기 때문에 간곡하게 설득해서 성사되었다는 얘기도 있었지만 배우자의 마음이 허락하지 않으면 이루질 수 없는 것이다. 아무튼 20여 년 이상 나이 차가 있어도 주변의 우려와는 달리 두 사람은 금슬이 좋았으며 하늘이 맺어준 인연이었다. 그녀가 자신을 희생한 이유를 타인의 입장에서 본다면 이해하기 어렵지만 목수(木手)의 긍정적인 변화가 따랐을 줄 믿는다.

현재 그들은 보리밥 전문식당을 운영하는데 열 가지 이상의 산나물과 채소류가 나오며 뚝배기로 끓여 낸 된장국에는 땡초와 미더덕이 푸짐하게 들어 있다. 보리밥 가격은 6천 원이며 식사 때는 줄을 서서 기다려야 할 정도로 단골이 확보되어 있다. 그곳에 가면 구수한 숭늉과 누룽지를 맛볼 수 있으며 담백하고 매운맛을 지닌 된장국으로 인하여 땀방울이 줄줄 흘러내리기 때문에 손수건을 준비해야 한다.

그래도 보리밥 한 그릇을 먹고 나면 전신의 활력이 샘솟는 기운을 느낄 수 있어 입소문을 듣고 찾아오는 고객이 많았다. 목수(木手)는 매일 새벽 4시에 기상하여 반찬거리를 새벽시장에서 직접 구입하고 식당으로 옮긴 후에는 인근에 있는 헬스장으로 가서 아침 운동을 하고 있다. 술과 담배

를 끊고 건달들과 절연한지도 오래이며 건전하고 평범한 사람들과 교류
하고 있다. 목수(木手)가 노후에는 안정되고 행복한 가정을 영위하게 되
었으니 얼마나 다행스러운 일인지 모른다. 앞으로도 그의 삶이 풍요롭고
발전할 수 있기를 바라면서 갈음한다.

60년도 진주 이야기

"동숙의 노래"를 문주란이 불렀다. "동숙"이 돈을 벌기 위해서 구로공단에 취업하여 학원강사를 사랑하고 도움을 주었지만 남자에게 배신을 당하고 살인미수로 옥살이한 이야기는 60년대의 가난한 삶을 대변하는 것이다. 60년대 서민들의 삶은 여유가 없고 힘들었다. 그 시절 진주에서 재벌 랭킹에 들어간 사람은 대동공업사 김삼만 회장, 대륙공업사 박종복 회장, 김윤양 병원장, 추개모 견직공장, 조일견직, 최씨 견직공장 등이었다. 친구들 중에는 견직회사 대표의 아들이 여러 명 있었다.

운수업으로 성공한 박종복 회장은 6.25전쟁 후 폐차된 미군트럭을 재생해서 부자가 되었다. 그는 대륙공업사, 경전여객을 소유한 재력가지만 막내아들 춘우의 유괴사건으로 고통을 겪었으며 당뇨병으로 별세하였다. 김윤양 병원장은 6.25 전쟁시 군의관으로 복무하면서 부상병의 수술 경험이 많았기에 대위로 전역한 후에는 김윤양병원을 설립했다. 김윤양 원장은 진주에서 현금이 가장 많은 재력가라고 소문이 났었다.

60년도에는 진주 시내 가정주택(50평) 매매 가격은 50만 원에 불과하였다. 도동(상대동, 하대동)은 여름철이면 홍수로 밭이 물에 잠기고 작물 경작에 어려움이 많았으며 평당 몇백 원에 거래하였다.

후에 진양호댐 건설로 "대평"은 수몰지구가 되었으며 "도동"이 대지로 바뀌면서 밭농사를 짓던 사람들이 일환천금을 얻게 되었다. 그 시절에는 가난으로 헐벗고 굶주린 사람들이 많았으며 서민들은 국수, 수제비, 감자, 고구마, 호박죽, 칡, 옥수수, 술 찌꺼기, 개떡(보릿겨), 쑥떡을 주식으로 즐겨 먹었다. 학교에서도 점심 시간에는 보리밥, 잡곡밥, 콩나물밥을 먹는 학생들이 많았다.

그것도 먹지 못하는 학생들은 수돗가에서 냉수를 마시면서 허기를 채워야 했었다. 그러나, 고난을 체험한 사람들이 성공하였거나 부자가 된 사실을 부정할 수 없게 되었다.

오늘날 내 고향 진주에서 재력가로 행세하는 사람들은 대부분 가난을 극복하고 자수성가한 사람들이다. 그래서 젊어서 고생은 사서도 하는 거라고 말한다. 시련을 극복하면 반드시 좋은 날이 올 것이라고 믿는다.

그리움은 채소처럼 푸르다

2015년의 일탈(逸脱)

일탈은 한자로 逸(달아날 일) 脱(벗을 탈)을 사용한다. 원래는 사회학과 관련된 용어로 '사회에서 규정한 제도나 규범에서 벗어난 행위'를 의미한다. 매일 직장에 출근해야 하는 사람이 일탈을 하면 현 위치에서 잠시 벗어나 자유를 누리는 것을 말한다.

지난날의 일탈을 소개한다.

그날은 하루 일과를 모두 마치고 귀가하는 도중에 경로를 벗어난 것이다. 평소처럼 종점인 장산역에서 하차하지 않고 민락역에서 하차하였다. 그 이유는 지난날에 수영강 부근에서 사무실을 운영하였기에 추억의 현장을 확인하고 싶었던 것이다.

지금은 여기를 벗어난 지도 오래되었기 때문에 단지 그날의 흔적을 살펴보고 싶었다. 한편으로는 억제된 감정을 벗어나서 자유를 추구하고 싶었는지도 모른다. 민락역에 하차하고 계단을 올라가면서 나는 왜? 무거운 가방을 들고 다니는지 의문을 갖게 되었다.

이제 불편한 짐을 하나씩 내려놓고 몸과 마음을 가볍게 만들어야 하는 나이라고 생각하였다. 물론 가방을 들지 않는다고 해서 나잇값을 하는 것은 아니다. 오래전부터 가방을 지참하였기 때문에 생활습관이 되었을 뿐이고 그렇게 해야 편안한 감정을 느낀다.

현재 들고 다니는 가방은 셋째 사위가 의사 세미나에 가서 기념품으로 받은 것이다. 과거부터 들고 다닌 가방의 숫자는 정확하게 몇 개인지 모른다. 오래 들고 다녀서 낡고 헤어진 가방을 여러 개 교체하였지만 권태를 느끼고 새로운 가방을 구입한 적도 있었다.

지난날에는 수영강 입구에서 사무실을 운영하였다. 인근에는 주방기구를 납품하는 공장, 세탁공장, 고물상, 중고 가구 수선소 등이 있었다. 인근의 현대 아파트에는 중학교 동기가 거주하여서 식사를 같이 한 적도 있었다.

민락역 부근 부산은행 건물의 상가에는 헬스클럽이 있었으며 회원으로 가입해서 체력단련을 하였다. 또한 단골로 드나들었던 여러 개의 식당과 목욕탕도 두 개가 있었다. 오늘은 국수전문점에 들러서 저녁식사를 하고 나서 예전의 사무실을 멀리서 바라보니 입구에는 전등 불빛도 없고 고요한 정적 속에 휩싸여 있었다.

지금은 모두 퇴근하여서 찾아가도 그날의 지인들을 만날 수 없다는 것을 직감하였다. 이참에 영화의전당을 찾아가서 영화를 한 편 보는 것을 염두에 두고 곧장 신세계백화점 대로변을 걸어가는 도중에 가을비가 촉촉하게 내린다. 가방 속의 접이식 우산을 끄집어내어 한 손으로 받쳐 들고 영화의전당을 향해 잰걸음으로 걸어갔다.

영화의전당에 도착하고 매표소에서 저녁 8시부터 상영하는 나루세 미키오의 「흐트러지다」를 예매하였다. 1965년 작품이니 지금으로부터 50여 년 전에 만들어진 영화이다.

2차세계대전 이후 일본의 어렵고 힘들었던 삶이 그려지고 형수와 시동생의 이루지 못할 사랑이 비극으로 끝나는 내용이지만 불륜의 야한 장면은 전혀 볼 수 없었다. 한 가족의 인연이 애잔한 감동을 남기는 영화이다. 이 영화를 본 후 나레이터(narrator)의 해설을 경청하고 감동한 탓인지는 몰라도 곧바로 일어나지 못하였다.

꾸물꾸물한 동작으로 간신히 영화관을 빠져나와 지하철 속에서 생각하였다. 이것이 일탈인지 탈출인지를 알 수 없다고 독백(獨白)하면서 두 눈을 감고 몽롱한 상태에 빠져들었다.

죽마고우

옥봉동 금산 밑에 자리 잡은 할머니 집 부근에는 봉래 초등학교 동기의 집이 꽤 많이 있었다. 첫 번째 집은 초가집인데 그 친구는 마당에서 우두커니 서 있는 모습을 발견한 적이 많았으며 대문을 열고 들어가도 손가락을 입술에 갖다 대고 조용히 하라는 신호를 보내는 것이다. 그의 말에 의하면 지방대학에 재학 중인 형님이 방학 기간에는 집으로 내려와서 고시 공부를 한다고 하였다.

그의 아버지는 직업이 없어서 집에만 계시고 어머니는 일하러 다니는 것 같았으며 저녁나절에 굴뚝에서 연기가 피어오를 때만 얼굴을 볼 수 있었다. 그는 초등학교 4학년 시절에는 같은 반에서 공부하였으며 친구들과 잘 어울리지 못하는 내성적인 성격이고 말수가 적어서 운동장에서 뛰어놀 때도 멀리서 지켜보고 있었다.

때로는 수업 시간에 지우개와 연필을 가져오지 않았다고 말하면서 나에게 빌려서 사용한 적도 있었다. 그러나 자택에 형님이 없을 때는 숙제를 함께 하였으며 나란히 누워서 얘기를 나누었지만 가족 얘기는 거의 하지 않았다. 그리고 중학교에 입학한 이후로는 서로 다른 학교에 다녔기 때문에 자연히 관계가 멀어지고 말았다.

그리움은 채소처럼 푸르다

또 한 명의 가까운 친구는 어른들이 호형호제하는 사이로 그의 자택이 중앙시장 입구인데 수시로 드나들면서 숙제를 함께 하였다. 그의 부모님은 중앙시장에서 양식 전문점을 경영하였으며 기독교 신자인 누나가 집안 살림을 도맡아서 하였다. 그의 누나는 나를 친동생처럼 아끼고 보살펴 주었으며 수시로 성경 이야기를 많이 들려주었기에 감화를 받고 교회를 나가게 되었다.

나는 일 년 이상 교회를 다니는 동안 피아노를 연주하는 여선생님에게 어머니의 사랑을 느끼면서 집착하였지만, 어느 날 갑자기 다른 도시로 이사를 갔다는 소문을 듣고 더 이상 교회를 나가지 않았다. 그리고 양식집 아들과 나는 고등학교를 졸업한 이후에는 서울에서 재수를 하게 되었으며 명절이 가까운 어느 날 무궁화호 열차 내에서 조우하게 되었다.

우리는 너무 반가운 나머지 그동안 쌓였던 이야기를 주고받았으며 나는 엉뚱하게도 영어 단어 외우기를 하자고 제안하였다. 왜 내가 그런 제안을 했는지 분명하지는 않지만 서울에서 재수하는 동안 영어 단어 외우기를 많이 하였기에 자신감을 갖고 있어서 그랬던 것 같다.

내가 먼저 Jeer(조롱하다)라는 단어를 질문하였으며 그가 어렵지 않게 답변하여서 더 이상 질문하지 않고 식당차로 자리를 옮겨서 식사를 대접하였다. 군에서 예편한 직후 그의 집을 방문하고 식사 대접을 받았으나 그날 이후로는 줄곧 객지에서 생활하였기에 만날 수 없었다.

그렇게 세월은 흘러가고 예순이 가까운 나이에 그가 재직하고 있는 S여중을 방문해서 상봉하였으며 침울한 분위기 속에 대화를 나누게 되었다. 그는 짧은 기간에 부모님과 아내, 남동생이 암으로 별세하였다는 얘기를 전하면서 목소리가 떨리고 눈빛은 어둡고 연방 눈물이 쏟아질 것 같은 표정을 짓고 있었다.

　하지만 옛날과 다름없이 친구로서 도움이 될 수 있는 대화를 나누었다. 그것이 양식집 아들을 마지막으로 만난 것이며 후일 들리는 소문에 의하면 연하의 지성적인 여인과 재혼해서 행복한 노후를 보내고 있다는 것이다. 죽마고우가 불행을 이겨 내고 행복한 노후를 맞이한 것을 진심으로 기쁘게 생각하면서 갈음한다.

가을 시(1~2)

단풍/가을 시 1

단풍이 흩어진 벤치에 누워서
하늘을 바라보니
마음은 비울수록 외로워지고
눈빛은 채울수록 채워지지 않는다
외로운 밤에 향기가 녹아 있는
가을을 사랑한다
귀뚜라미 우는 소리에 단풍은 물들고
젊은 날처럼 물들이고 싶은 시간들

가을 시 2

외로워지고 싶은데
능금빛처럼 붉어지는 가을
어디로 떠나고 싶다는 말을
믿을 수 없네
정말 갈 거냐고
물어보는 사람도 없으니
아무 일 없다고 하였네

가족의 체취

　고등학교 일학년 여름방학 기간에 처음으로 진주남강 백사장에서 본격적으로 씨름을 배우기 시작하였다. 초보자는 가친이 경영하는 대안동 소재 동아 피혁상의 창고에 보관돼 있는 한 말짜리 주전자에 식수를 가득 채워서 남강 백사장까지 운반하였다.

　검은색 가방 속에는 씨름 샅바가 이십여 개인데 훈련 중 손아귀 힘으로 당기는 힘을 받아 낡아지면 일 년에 두 번 이상 광목을 구입해서 교체하였다. 씨름꾼들은 비가 오지 않은 날에는 해가 서산으로 넘어갈 때까지 가친의 지도를 받거나 편을 나누어서 3판 2승제로 실전 같은 훈련을 하였다.

　남강 모래밭에서 훈련하는 씨름꾼들은 줄잡아 20여 명에 달하고 단장인 양유식 장사는 모든 선수들에게 열 판씩 돌아가면서 씨름 기술을 전수하였다. 씨름 훈련을 하는 동안 쏟아지는 땀방울은 독특한 향기를 지니고 있었다.

　겨울철에는 씨름 훈련을 마치고 남강에 들어가서 미역을 감으면 씨름꾼들의 몸에서는 모락모락 김이 피어오르고 있었으며 아버지의 등을 밀어드리면 독특한 살냄새를 맡을 수 있었다. 할아버지는 곰방대에 연초를 말아서 피우고 계셨는데 방안에는 연기가 자욱하고 냄새가 지독하여 일

　　　　　　　　　　　　　　　그리움은 채소처럼 푸르다

시적으로 숨을 멈춰야 했다.

할아버지는 환기를 전혀 시키지 않고 자욱한 담배연기 속에 갇혀 있는 것을 즐기는 듯하였으며 할아버지의 체취는 니코틴 냄새가 전부였다. 할머니는 마루에 앉아서 반찬거리를 다듬는 중에도 만성 천식으로 인해 기침을 하였으며 늘 지린 냄새가 몸에 배어 있었지만 손자의 코는 익숙하였기 때문에 오히려 친근감을 갖고 있었다.

고모님은 설과 추석에 찾아오셔서 밤새워 명절 음식을 만들었으며 가녀린 몸에서는 참기름 냄새가 진동하였다. 숙부님은 랑랑 극단에서 탭댄스를 추고 노래를 불렀으며 포마드 기름을 듬뿍 바르고 타월을 동여매고 생활해서인지 화장품 냄새가 진동하였다.

그러나 어린 시절은 어머니의 부재(不在)로 인하여 사랑에 굶주리고 있었으며 모정(母情)을 그리워하고 있었다. 이제 강산이 일곱 번이나 바뀌고 동고동락하였던 어른들은 모두 유명을 달리하였기에 가족들의 체취는 우주 속으로 흩어지고 말았다.

시간 속으로

할머니는 불교신자로 매일 새벽 4시경 기상과 동시에 얼굴과 목 양팔을 꼼꼼하게 씻고 마당 한가운데 서서 달과 별을 보고 절하면서 소원을 빌었다. 대개는 나지막한 목소리로 주변사람들이 알아차릴 정도로 기도하였으며 사시사철 변함없었다. 기도 내용은 가족들의 건강과 집안이 평안하게 해달라는 것이었다. 나는 할머니께 질문하였다.

"할머니는 무수하게 많은별 중에서 어느 별을 보고 기도하십니까"라고 물어보았을 때 거침없이 "북두칠성"이라고 대답하셨다.

할머니는 기도를 마친 뒤에는 도량청정 의식을 진행하였다. "정구업진언 수리수리 마하수리 수수리 사파하"라고 불경을 외우시면서 목탁을 두드렸다. 그리고 마당을 수십 바퀴 돌면서 반야심경 신묘장구대다라니경 등을 차례로 줄줄 외우셨다. 마당에서 한 시간 이상 기도를 마친 다음에는 곧장 손자를 데리고 연화사로 새벽예불을 가셨으며 법당 안에서도 스님들과 함께 108배를 하시고 불경을 외우셨다. 그리고 손자에게도 108배가 전신운동이 된다는 것을 강조하셨다.

나는 마음속으로. "할머니의 기운은 108배에 있는 것이다"라고 믿었다.

그리움은 채소처럼 푸르다

당시 연화사 절에는 젊은 주지스님이 계셨는데 그가 후일 조계종의 종정이 되신 청담 스님이다. 새벽예불이 끝나면 스님들과 함께 아침 공양을 하였다. 공양의식이 엄숙하여 밥과 반찬을 배식 받고 음식물을 남기지 않는 생활습관을 익히게 되었으며 밥그릇에 물을 부어 마시는 정결한 규칙도 익히게 되었다. 어린 시절 봉래 초등학교 앞의 개천은 남강 둑까지 연결되었으며 생활하수가 흘러가는 곳이지만 장화를 신고 들어가서 미꾸라지를 잡았던 기억이 난다.

가난한 친구들은 밥 대신에 삶은 고구마와 감자 등을 애용하였으며 부잣집 애들이 갖고 온 도시락과 바꿔 먹을 때도 있었다. 할머니 댁에는 언제부터인지 확실하게 기억할 순 없어도 오늘날 가사도우미라고 칭하는 식모가 있었는데 가장 기억에 남는 여성은 일순이라는 이름을 가진 열아홉 살 먹은 처녀이며 성격이 활달하고 시원시원하여 할머니의 사랑을 독점하였지만 일 년 후 시집을 가버렸다. 결혼 후에도 여러 차례 할머니를 찾아와서 다정하게 얘기를 나누었으며 그녀가 일찍이 부모를 여읜 탓으로 외로워서 할머니를 찾아온다는 것이었다.

초등학교 4학년부터는 도시락을 지참해서 등교하였으며 겨울철은 난로 위에 도시락을 포개놓고 밥을 데워서 먹었다. 가정 형편이 어려운 친구들은 점심 도시락을 준비할 수 없었으며 허기진 뱃속을 채우기 위해 운동장 한 쪽 켠에 설치된 수도꼭지를 틀고 냉수를 마셨지만 그들이 굶주림을 참고 견디면서 열심히 공부하였기 때문에 훗날 성공한 사람들이 많았다. 당시 부잣집 아들이 가져온 도시락을 점검하면 흰쌀밥에 쇠고기 장조

림과 삶은 계란이 대세였지만 서민들에겐 부러움의 대상이었다.

그 시절엔 양말도 기워 신고 옷도 찢어지거나 닳아서 구멍이 나면 버리지 않고 일일이 수선하여 입었으며 형제자매 간에도 헌 옷을 동생들에게 물려주었다. 그리고, 타지에 사는 친척들은 일 년에 한두 번씩 할머니 집을 방문하여 헌 옷을 수집해서 가져갔었다. 어린 시절 할머니로부터 가장 후한 대접을 받으면서 귀한 손님처럼 대우를 받았던 숙부님 이야기를 빼놓을 수가 없다. 숙부님은 사범학교를 졸업하시고 초등학교에서 교편을 잡았는데 불란서 미남 배우 아랑 드롱처럼 생긴 분이셨다.

나도 처음에는 숙부님이 초등학교 선생님인 줄 모르고 지냈으며 뒤늦게 할머니를 통하여 알게 되었다. 숙부님이 초등학교 교사였지만 신분을 숨긴 이유는 악극단에서 활동하기 위해 학교를 휴직하였기 때문에 보안을 염두에 두었을지도 모른다. 숙부님이 소속된 악극단은 "랑랑 쇼"였으며 당대의 스타 가수인 백설희 씨 영화배우 황해 씨 등과 함께 전국을 순회공연하였다. 숙부님은 부산의 미 8군 부대에서 통역관으로 근무할 때 탭댄스를 전수받았으며 그 시절엔 탭댄스 기능을 보유한 사람이 극소수였기 때문에 무대에 오르면 열광적인 박수갈채를 받았다.

대청마루의 거울 앞에서 가위로 콧수염을 자르고 갖가지 얼굴 표정을 바꿔가면서 연기를 하였으며 연극 대사를 외울 때도 있었다. 공연이 없을 때는 자전거 튜브를 나무 기둥에 걸고 고무줄을 당기면서 씨름 기술을 훈련하였다. 그 시절 민속 씨름은 최고의 인기 종목이며 추석 명절과 오

그리움은 채소처럼 푸르다

월 단오절을 기해 전국적으로 씨름대회가 개최되었다. 당시 씨름판을 누비던 장사들 중에는 가친(양유식 장사)와 나란히 숙부님(양권식 장사)의 이름도 회자되고 있었다. 숙부님이 탭댄스를 출 때는 쇠징을 붙인 특수화를 착용하였으며 말발굽 소리, 기적소리 등을 연출하였다.

그것은 하루아침에 이루어진 것이 아니었으며 할머니 집 대청마루가 내려앉을 정도로 뛰고 굴렸으니 피나게 훈련한 결과였다. 숙부님이 할머니 집에 머물 때는 해가 중천에 떠오를 때까지 늦잠을 자고 기상하면 머리를 감고 나서 올백으로 빗어 넘긴 다음 포마드 기름을 바르셨다. 숙부님은 거울 앞에서 옷맵시를 다듬고 몸치장하는 일에 많은 시간을 소비하였으며 나에게 양복 상의를 입혀서 앞으로!! 옆으로!! 뒤로!! 움직이도록 지시하면서 관찰하였다.

숙부님은 씨름 기술의 기본인 앞무릎치기의 달인이고 중량급 선수일지라도 그 기술에 한 번 걸리면 눈 깜짝할 사이에 모래판에 나자빠지는 것이었다. 숙부님은 씨름장에서도 항상 헤어스타일을 흐트러지지 않도록 타월을 쓰고 경기를 하였다. 씨름대회장에는 청장년층의 관객이 많이 몰려들었으며 젊은 여성들도 관람하였기에 미남이고 근육질인 숙부님의 인기는 대단하였다. 간혹 숙부님은 얼굴이 예쁜 여성들을 동행하여 할머니 집에서 식사를 함께한 적도 있었으며 대청마루에서 탭댄스 시범을 보여주었다.

숙부님은 거울 앞에서 멋부리는 시간이 너무 길어서 기차가 출발하는 시간에 맞춰서 진주역까지 달려가는 습관 때문에 흔히 기차를 놓치고 말았다. 숙부님은 젊어서부터 막걸리 애호가였으며 조카에게 술심부름을 시켰는데 한밤중에 주전자를 들고 꼬불꼬불한 골목길을 걸어가는 동안 무서워서 등줄기에 식은땀을 흘리기도 했었다. 그 이유는 평소에 할머니로부터 귀신 이야기를 즐겨 들었기 때문에 처녀귀신이 머리를 풀고 나타날 것 같은 상상을 하였다.

그러나, 정작 귀신에게 홀린 것은 숙부님이었다. 어느 날 숙부님이 통행금지 시각이 지나고 단속 경찰의 눈을 피해 숨을 헐떡거리면서 골목길을 걸어가는데 이상한 물체가 눈앞에 어른거려서 "누구세요"라고 거듭하여 물어보았지만 묵묵부답이었다. 숙부님은 전신에 식은땀이 흐르고 등골이 오싹하여 혼신의 힘을 다해 집을 향해 뛰었으나 발걸음이 땅에서 떨어지지 않았다고 하였다. 집에 도착해서 거울을 바라보니 긴 머리카락이 눈가로 흘러내려서 시야를 혼란시킨 주범이었음을 확인할 수 있었다.

훗날 숙부님은 중등학교 영어교사 검정고시에 패스하여 부산 경남 울산지역에서 교편을 잡으시다가 정년퇴직하셨으며 부산에서 개최한 아시안게임 때는 영어 통역사로 자원봉사를 하였다. 그러나 노후에는 젊은 시절의 핸섬한 용모를 간직하지 못한 채 일흔두 살에 별세하였다. 이제 숙부님의 탭댄스를 추는 모습도 영화 속의 한 장면처럼 지나가고 말았으니 인생무상이라 말하지 아니할 수 없으며 양씨 가문의 어른들 이야기도 종착역에 도달하였다.

가지산 등산

2009년 1월 20일 울주군 상북면 가지산(1,241m)을 등산한 후기를 올리고자 한다. 벌써 15년의 세월이 흘러갔지만 그날의 추억은 한 편의 드라마처럼 뇌리를 스쳐간다. 나는 겨울등산에서 필요한 장비를 전혀 갖추지 않고 청바지에 안전화를 착용하고 있었다. 오전 8시 정각에 부산에서 출발한 2대의 카니발 승합차는 집결지인 '석남사' 주차장을 향해 질주하였으며 친구들은 기운이 팔팔하게 넘쳐서 함성을 지르고 있었다.

우리들은 예정시각보다 약 10분 정도 일찍 석남사 주차장에 도착하여 주변경관을 둘러보고 있는데 진주, 마산, 울산, 대구지역의 친구들이 삼삼오오 부부동반으로 모여들기 시작하였다. 얼른 내 눈에 들어온 그들의 복장이 하나같이 등산복, 등산화에 스틱, 배낭까지 짊어지고 있었다. 하루에 한 번꼴로 가지산 등산을 하였다는 김해에서 합류한 L이 출발 신호를 외쳤으며 우리들은 가지산을 향해 힘찬 발걸음을 옮겨 놓았다.

가지산 정상을 향해 올라가는 코스는 상당히 가파르고 숨이 찼지만 목조계단을 지나면서 짧은 휴식을 취할 수 있었다. 저 멀리 가지산 정상을 바라보면서 휴식하고 있을 때 진주의 산행 대장인 K가 날렵한 동작으로 내 곁을 스쳐 지나가면서 "정상은 앞으로 40여 분 더 걸어가야 한다"라고 귀띔해 주었다. 정상에 가장 먼저 도착한 친구는 현대그룹계열사의 L사장이었다.

나는 세 번째로 정상에 도착하였으며 김해지역 L대장은 낙오자를 인솔해서 조금 늦겠다고 폰으로 연락이 왔다. 먼저 정상에 도착한 사람들은 낙오자가 전원 도착할 때까지 기념촬영을 하거나 잡담을 나누었다. 약 한 시간이 경과한 뒤 전원 도착한 것을 확인하고 정상 아래쪽의 편평한 곳에 둘러앉아서 점심 식사를 하였다.

부산의 수영에서 동행한 동기가 매실주를 권하기에 단숨에 넉 잔을 마셨으며 울산지역 친구들이 두 잔을 건네기에 합계 여섯 잔을 마셨다. 어부인들이 준비한 땅콩과 호두를 안주삼아 짧은 시간에 과음하고 말았다. 거기서부터 내 인생 최고의 사고가 발생할 줄은 예상치 못하였다.

가지산은 산세가 험하고 겨울철에는 해가 짧은 탓에 오후 3시가 지나면 등산객의 발길이 끊어진다. 친구들도 점심을 먹고 나서 오후 한 시경 출발한다고 말하였지만 나는 정신이 몽롱한 상태로 일어나지 못하였다. 평소 나의 주량은 소주 한 잔 아니면 두 잔인데 한꺼번에 여섯 잔을 마셨으니 만취했던 것이다.

친구들은 내가 체력이 좋아서 별 문제가 없을 줄 알고 무심하게 떠나버렸다. 홀로 남은 나는 세상의 무거운 짐을 내려놓고 하늘을 지붕 삼아 꿀잠을 자고 있었다. 얼마나 잠들었을까? 으스스한 바람결에 추위를 느껴 잠을 깨게 되었다. 폰을 들여다 보니 간밤에 배터리를 충전시키지 않아서인지 꺼져 있었다. 술은 조금 깬 듯하였지만 해는 서산마루를 넘어가고 있다.

가지산 정상에서 쌀바위 쪽으로 걸어가는 동안 땅이 얼어 갓길에 설치한 로프를 잡고 걸어갔다. 안전화의 밑바닥이 고무라서 미끄러지는 일이 반복되고 아이젠을 준비하지 못한 것을 후회하면서 빙판길을 걸어가는 동안 엉덩방아를 찧게 되었다. 불과 몇 시간 전에 오르던 산길인데 지형을 분간할 수 없으며 기억이 오락가락하였다.

하산하는 길이 미끄러워서 난간의 밧줄을 붙잡고 안간힘을 쓴 탓인지 면장갑은 구멍이 나고 말았다. 어렵사리 봉우리 두 개를 돌아가니 '쌀바위 대피소'라는 간판이 눈에 들어오고 천막 입구에 서 있는 중년의 남자를 발견하였다.

큰소리로 '석남사 방향으로 가는 길이 어디죠?'라고 물어보았더니 '운문령' 고갯길로 가면 '석남사' 표지판이 보인다고 했다. 머릿속으로는 석남사를 입력하였기에 정신을 집중해서 걸어가지만 수차례 중심을 잃고 넘어지고 말았다.

그 시각에 산길을 걸어가는 사람은 나를 제외하고는 아무도 없었으며 오직 '석남사' 표지판을 떠올리고 있었다. 한참을 걸어가다 눈앞에 펼쳐진 표지판을 읽어 보니 '운문령'과 '석남사 입구'라고 적힌 표판이 있었다. 머릿속은 온통 '석남사'로 가득 채워졌기에 '운문령' 고개를 외면한 채 '석남사 후문'의 산길을 택해서 내려가고 있었다.

어둠이 짙게 깔린 산길은 지척을 분간할 수 없었으며 낙엽을 밟으면 비료포대 위에 걸터앉아서 미끄러져 내려가는 것 같았다. 주루루 미끄러져 덤불 속으로 파묻혀 버리는데 저절로 "으악"하는 신음 소리를 질러대고 있었다. 그리고 멈춰 선 자리에서 다시 일어나려고 하였지만 등줄기에 뻐근한 통증을 느끼고 전신은 물과 땀이 혼합되어 축축하게 젖어 있었다.

그런데 정신을 수습해서 전대 속의 휴대폰을 끄집어내서 예비 배터리를 교환하고 부산에서 동행한 친구에게 전화를 걸어 상황을 설명하였다. 그는 깜짝 놀라면서 안전여부를 물어보았다. "지금 석남사 후문으로 하산하고 있으니 얼마 후에는 '석남사' 경내에 도착할 것이다. 학군장교 출신이니 너무 걱정하지 말라"고 안심을 시켰다.

그의 말에 의하면 울산경찰서에 조난신고를 하였으며 친구들이 구조대를 편성해서 가지산 수색작업을 벌이고 있다는 것이다. 그와 통화를 끝내고 하산하는데 갑자기 큰 암벽이 앞을 가로막아서 더 이상 전진하지 못하고 그 자리에 털썩 주저앉고 말았다. 자칫 잘못해서 헛발을 디디는 날엔 오늘 밤이 나의 제삿날이라는 생각도 하였다.

그러나 다시 정신을 수습해서 등산객이 다니는 길을 발견하게 되었으며 거기서부터는 산길의 폭이 넓어지고 위험한 상황을 벗어나게 되었다. 한참을 걸어 내려오니 멀찌감치 '석남사' 경내를 밝히는 불빛이 보였다.

그리움은 채소처럼 푸르다

나는 다시 한번 혁대를 졸라매고 정신을 집중해서 걸어갔으며 '석남사' 후문의 개울을 발견하였다. 거기엔 다음과 같은 문구가 적혀 있었다.

"여기는 스님들의 목욕 장소이기 때문에 하산하는 길이 없습니다"는 표지판이 붙어 있었다. 잠시 숨을 몰아쉬면서 계곡을 흘러가는 청정수를 페트병으로 퍼서 꿀꺽꿀꺽 마셨더니 심한 갈증은 해소되고 긴장이 풀리게 되었다. 그날 석남사에서 마신 개울물은 평생 동안 잊지 못할 것이다.

천신만고(千辛萬苦)끝에 석남사 경내에 도착하였을 때는 저녁 8시 경이며 마침 석남사에 부식을 납품하는 용달차가 대기하고 있었다. 차주에게 '석남사' 주차장까지 태워줄 것을 부탁하였더니 흔쾌히 수락하였다. 나의 몰골은 마치 물에 빠진 생쥐처럼 온몸이 땀으로 젖은 상태였다. 그리고, 친구들이 모여서 식사하는 장소에 도착하였을 때 친구들은 무사히 도착한 나에게 박수를 치면서 환호하였다.

우리들은 식사를 마치고 대절한 봉고차를 타고 부산으로 출발하였으며 장장 12시간에 걸친 가지산의 행군을 마무리하였다. 가지산을 등산한 이후로는 세상의 모든 산을 얕보지 않겠다고 다짐하였으며 15년이 경과한 지금도 그날의 교훈을 되새기면서 실천하고 있다.

갈매기의 꿈

이 글은 국립경상대학교 학보사 편집국장을 역임한 윤석년 기자(jour-nalist)의 삶을 조명하고자 필자와 교류한 시간을 통해서 단편적인 내용을 간추려서 올리게 되었다.

윤석년 기자는 경남신문사 공채 1기로 입사해서 편집국장과 주필을 역임하였으며 경남도민일보로 이적해서 편집국장, 논설주간을 역임하였다. 그가 지역 언론계에서 승승장구한 배경에는 책임감이 투철하며 공동의 목표를 향해 노력하도록 동기를 부여할 수 있는 리더였기 때문이다.

그는 지역언론의 발전에 수많은 업적을 남기고 공헌하였으며 2024년에 별세하였다. 그가 타계한 소식을 "전원문학" 단톡 방에서 처음으로 알게 되었다. 회원들의 댓글도 인상적이었다. "아하, 선배님께서 세상을 버리셨군요. 2015년 뵈었을 당시 결기를 깊이 감춘 인상이셨는데, 술은 드시지 않더군요. 명복을 빌뿐입니다. 모처럼 지는 해가 앞산을 비춥니다"라는 글이 눈에 띈다.

또 다른 회원의 댓글에는 "오래 살아남는 자가 이기는 거"라는 댓글도 있었지만 나는 마음이 무거워져 방을 나오게 되었다. 그는 대학시절과 사회생활에서 교류하였던 수많은 사람들 중에서도 남다른 개성을 지닌 친구로 우정의 소중한 가치가 무엇인지를 무언으로 가르쳐 주었다.

그는 걸어갈 때는 발뒤꿈치를 들고 살살 걷는 까치걸음의 달인이고 깐깐한 성품의 소유자지만 정의감이 강하였으며 의리가 있었다. 그는 경상대학교 캠퍼스 시절 학보사 편집장으로 교내신문사와 문학동아리의 중심 역할을 하였다. 나는 문학 동아리에 참여하지 않았으나 수시로 편집실을 출입하였다.

그는 철봉과 평행봉으로 체력단련을 하였으며 팔씨름에 일가견이 있어 노하우를 전수받은 적이 있었다. 그의 이론은, 상대의 손을 잡을 땐 팔꿈치는 자기 쪽에 가깝도록 잡고 손은 상대보다 위를 더 많이 잡아야 하며 전완근만 쓰지 말고 이두나 삼두, 어깨의 힘을 사용하는 것이 중요하다고 설명하였다.

어느 날 그가 필자의 가친이 경영하는 동성양화점에 들렀을 때 나와 교제하는 여고생과 조우하게 되었으며 인근에 있는 커피숍으로 자리를 옮겨서 대화를 나누게 되었다. 그가 불쑥 내뱉은 말은 의외였다. "여고생과 교제하는 것은 도의적인 책임이 따르는 것이다"라고 일침을 주었다.

나는 환하게 웃으면서 "내 사전에 불장난은 없다"라고 응수하였으며 그날 커피숍에서 주고받은 대화가 사랑의 불씨가 되어 대학을 졸업하던 해에 여고생과 결혼해서 부부의 인연을 맺었다.

그는 ROTC 후보생을 지원해서 같이 훈련을 받았으나 적성에 맞지 않는다는 이유로 자퇴하고 사병으로 병역을 필한 후에는 경남신문사 공채 1기로 입사하였다. 그는 자타가 공인하는 민완기자로 인정을 받았으며 기획, 출판담당이사, 편집국장, 이사, 논설 주간으로 승진하였다.

또한, 그가 성공의 여세를 몰아가는 이면에는 초등학교 교사로 재직하는 아내의 내조가 컸다는 사실을 지인들은 이구동성으로 인정하였다. 그러나, 그에게도 호사다마가 따르는 것을 피할 수 없었다. 그의 아내가 갑자기 사망하는 슬픔을 겪었다. 나도 부음을 받고 황급하게 달려가는 과정에서 양복 상의를 택시 안에 벗어두고 와이셔츠만 입고 문상하였던 일이 떠오른다.

그는 신문사 업무에 몰두해서 아내의 건강을 지켜주지 못하고 자녀들과 오붓한 시간을 갖지 못한 것을 만시지탄으로 후회하고 있었다. 96년도에 필자가 서울의 송파구에서 헬스장을 신설하고 개관하였을 때 그는 마산에서 택시를 대절하고 개관식에 참석하여 하룻밤을 보내면서 들려준 이야기는 특별하였다.

그가 신문사에서 업무를 진행할 때는 매일 담배를 3갑 이상 피웠으며 정기적인 건강검진 시 폐에 이상이 생겼다는 판정을 받고 금연하였던 일화를 들려주었다. 그가 금연 중에 기사를 쓰려고 하면 머릿속에서만 빙빙 돌아다니고 밖으로 흘러나오지 못하는 금연 금단증상을 겪었다고 하였다.

그리움은 채소처럼 푸르다

만약 글을 쓰지 못한다면 어떤 결단을 내려야 할 것인지를 자문자답하면서 평소에 좋아하는 시인 릴케의 글귀를 음미하였다. 그가 애송한 '릴케의 시인에게 주는 충고'를 소개한다.

마음 속의 풀리지 않는 모든 문제들에 대해 인내를 가지라/문제 그 자체를 사랑하라/지금 당장 해답을 얻으려 하지 말라/그건 지금 당장 주어질 순 없으니까/중요한 건 모든 것을 살아 보는 일이다/지금 그 문제들을 살라/그러면 언젠가 먼 미래에/자신도 알지 못하는 사이에/삶이 너에게 해답을 가져다 줄 테니까.

그는 릴케의 충고를 받아들이고 3개월 만에 금연을 해제하였으며 다시 담배를 피웠더니 꽉 막혔던 글이 봇물 터지듯이 쏟아져 나오게 되었다.

2008년도 여름에 필자가 부산의 변두리 지역인 가락타운에서 헬스기구 매장을 경영하고 있을 때 그가 예고없이 방문한 적이 있었다. 낡은 건물의 2층과 옥상에 헬스기구를 전시하고 판매하는 현장을 목격하고 나서 "이런 방식으로 영업을 해도 장사가 되느냐"라고 물어보았다.

나는 계면쩍은 표정을 지으면서 형편이 나아지면 매장을 올길 계획이라고 답변하였다. 그는 잠잠하게 나를 바라보면서 더 이상 물어보지 않았다. 그는 "격려금"이라고 적힌 봉투를 나에게 건네주고 떠났다. 그리고, 약간 머뭇거리면서 침착하게 "내가 살아 보니 삶은 역경을 이겨 내는 과정이고, 시련은 견뎌 내는 것이다."라고 말하였다.

그의 말을 듣고 보니 그는 인생의 발효와 숙성이 잘된 사람이었다. 그가 사무실을 다녀간 이후로는 가끔씩 생각날 때마다 전화로 소통하였으며 경상대학교 동문체육대회에도 함께 참석하였다. 2014년 그가 경남도민일보의 고문으로 재직 시 경상대학교의 개척언론인상(7회)을 수상하였다는 소식을 듣고 축하의 전화를 걸었더니 밝은 목소리로 반세기가 지난 시절의 이야기를 화제로 삼으면서 아내의 안부를 물어보았다.

그날 이후로는 2021년 여름에 그의 목소리가 그리워서 전화를 걸었는데 "없는 번호"라는 ARS 응답을 듣고 난감하였지만 언론인 출신 동기에게 부탁해서 변경된 연락처를 확인하고 통화할 수 있었다. 전화기 너머로 들리는 그의 목소리는 예전처럼 밝지 않았으며 근황을 물었더니 기원에서 취미생활을 한다고 하였다.

'그럼, 언제든지 시간을 내서 한 번 만나자'라고 제안하였더니 "당분간은 어려울 것 같다"라고 말했으며 그것이 마지막 통화가 되고 말았다. 이제 와서 나의 부족함을 후회한들 무슨 소용이 있을까 생각한다. 그는 리처드 바크의 책 '갈매기의 꿈'에서 조나단 리빙스턴처럼 단순히 먹이를 찾는 새가 아니라 꿈을 이루기 위해서 우주를 향해 힘차게 날아 오른 주인공이었다.

그는 청렴결백하였으며 촌지를 받지 않는 정풍운동을 국내 최초로 선도하였던 기자로 알려졌다. 그는 슬하에 남매를 두었는데 장녀는 결혼 후 아버지의 주택 부근에 거주하면서 의식주를 지원하였고 막내아들은 결혼

그리움은 채소처럼 푸르다

후에는 분가하였다. 윤석년 기자는 필자와 동갑이며 진주고등학교 일년 선배이고 경상대학교 동창으로 맺어진 인연이다. 그가 자신에게 주어진 기자의 사명을 다하고 더 나아가 부족한 친구를 위하여 바다처럼 넓고 깊은 우정을 베풀었기에 진심으로 감사하는 마음을 전하면서 고인의 명복을 빌어드린다.

그리워서 부르고 싶은 이름이여

강의 실전

내가 말하고 싶은 이야기를 상대에게 효과적으로 전달하였을 때 자신을 칭찬할 수 있다. 지난날 (사)한국건강대학에서 부학장으로 재직 시 '근력운동' 특강을 하였다. 강의실이 비좁고 인원이 너무 많은 탓인지 산만한 분위기를 느낄 수 있었다.

그날은 어수선한 수업 분위기에 구애받지 않고 낮은 목소리로 강의를 시작하였다. 그런데 교육생들이 잡담을 중단하고 경청하는 태도를 엿볼 수 있었다. 만약, 수강생들에게 불편한 감정을 드러내면서 직설적인 표현을 하였다면 거부반응을 일으켰을지도 모른다.

때로는 큰 목소리보다는 차분하게 낮은 음성으로 강의하면 경청한다는 사실을 알게 되었다. 언제 어디서나 대화를 시작하기 전에 인간관계에 중점을 두고 말하는 것이 중요하다. 상대와 평등한 입장에서 대화하고 자존심을 상하게 하지 않도록 노력해야 한다.

말을 잘하는 것이 능사는 아니며 때로는 침묵하면서 몸짓이나 눈빛으로 마음을 주고받을 수도 있다. 또한, 강의를 시작하면 주제에 맞게 의사를 표현하고 청중의 반응을 지켜보아야 한다. 자신이 말하고자 하는 내용이 상대에게 전달되는 과정은 짧고 간략해야 신뢰감을 갖는다.

그리움은 채소처럼 푸르다

6하 원칙에 의거해서 '누가', '언제', '무엇을', '어떻게'를 분명하게 말해 주는 것이 이해의 폭을 높일 수 있다.

강의 중에도 상대가 원치 않는 정치나 종교에 관련된 화제를 꺼내지 않는 것이 다툼을 일으키지 않는다. 만약 실언했을 때는 잘못을 인정하고 겸손한 태도를 유지해야 한다.

건물주(建物主)

　서부터미널 부근에서 금성체력관(헬스클럽)을 경영할 때 "국제상사" 인근에서 거주하는 분이 회원으로 등록하여 오랜 세월을 이어 가면서 친구처럼 지내게 되었지만 약 10년이 경과한 후에는 그가 사하구 가락타운으로 이사를 가고 3층 건물을 신축하였다.

　나 역시 그때는 연산동에서 헬스기구 매장을 경영하고 있었다. 어느 날 그가 매장을 방문해서 대화를 나누는 가운데 나의 사정이 그렇게 좋지 않다는 것을 알게 되었다. 점포의 임대료가 고액이고 적자라고 설명하였기 때문이다.

　그가 잠시 생각에 잠기더니 자신이 신축한 건물로 입주해서 관리비만 지불하는 방안을 제안하였다. 나는 민폐를 끼치는 것이 부담스럽다고 솔직하게 말하였지만 그런 점은 신경 쓰지 말고 편하게 지내라는 것이었다.

　그리고 친구가 어려울 때는 도울 수 있는 것이라고 말하였다. 나는 약 한 달이 경과한 후에 사업장을 이전하게 되었다. 그의 건물 1층에 헬스기구를 전시하고 덩치가 큰 헬스기구는 옥상의 창고에 보관하게 되었다.

　그는 형제보다도 더 낫다고 여기면서 기회가 오면 보답해야 한다고 마음속으로 다짐하였다. 그는 건물주이지만 인정이 많고 친절하여 입주자는 물론 동네 주민들에게도 사랑받는 사람이었다. 어느 날, 건물주의 동태를 살펴보니 예전의 활기는 찾아볼 수 없었으며 기진맥진한 상태여서 물어보았다.

"혹시 몸이 불편하신가요"라고 물었더니 "갑자기 몸이 허약해지고 기운을 차릴 수 없으며 중심을 잡을 수 없어요"라고 대답하였다. 마침 그의 아내가 곁에 있어 자초지종을 물어보았더니, 동네 주민들이 일층의 주차장에 쓰레기를 몰래 갖다 버리는 것을 방지하기 위하여 CCTV를 설치하다 벽에 머리를 심하게 부딪친 이후로는 운전 중 접촉사고가 자주 발생하고 어지러운 증세를 보인다는 것이었다.

나는 조금도 망설이지 않고 "이런 상태로 방치해서는 안 될 것 같으니 병원에서 진찰을 받아 보면 어떨까요"라고 제안하였으며 내외가 흔쾌히 수락하여서 인근의 준종합병원으로 동행하였다.

병원에서 MRI 촬영한 결과는 뇌의 중심이 오른쪽으로 치우친 상태이기 때문에 운동신경이 비정상이라는 것이었다. 그리고, 대학병원 응급실로 가서 긴급 수술을 받지 않으면 대단히 위험하다고 말하면서 D대학병원 관계자에게 연락해서 특진을 요청하였다.

건물주에게 택시를 타고 병원으로 동행할 것을 권유하였더니 굳이 자신의 승용차로 가겠다면서 운전석에 앉고 말았다. 그는 중환자임에도 불구하고 자가운전하여 병원 응급실까지 무사히 도착하였으며 담당 의사 앞에서도 자신이 직접 운전해서 온 것을 강조하면서 별다른 이상이 없다고 말하였다. 그러나, 각종 검사를 통해 그가 중태라는 사실이 밝혀지고 그날부터 입원해서 치료를 받게 되었다.

처음에는 뇌수술을 하지 않고 머리에 관을 꽂아 응혈 된 피를 조금씩 뽑아냈지만 완전하게 제거하려면 뇌수술을 하지 않을 수 없었다. 그는 뇌수술의 위험을 염두에 두고 완강하게 거부하여서 수술이 난관에 봉착하였지만 담당 의사가 설득해서 장장 16시간 동안 수술을 해서 만족스러운 결과를 얻게 되었다.

나는 건물주로부터 많은 도움을 받았기에 그가 퇴원할 때까지 약 3개월 이상을 병원에 출입하면서 그의 회복을 기원하였다. 미력한 힘이지만 건물주의 은혜에 보답하기 위해서 성의를 다할 수 있었던 것을 감사하게 여기면서 갈음한다.

그리움은 채소처럼 푸르다

고독

　고독이라는 단어는 사회생활을 통해서 누구나 겪어야 할 필수 코스이다. 하나의 지구촌에서 생활하는 인류는 '네 안에 내가 있고, 내 안에 네가 있는' 운명공동체이다. 요즘엔 독신가구도 많아지고 보기엔 고독한 사람으로 느껴지는데 그 사람들은 딱히 외롭지 않다고 생각을 한다.

　사람이 고독하다고 느끼지 않으려면 어떻게 살아가야 할 것인지 정답은 없을지도 모른다. 다른 사람들이 고독을 걱정하도록 길러지는 반면 일부의 사람들은 고독 속에서 예술의 아름다움을 발견하게 된다. 빈센트 반 고흐(Vincent Van Gogh)는 1853년 3월 30일 프로트 준데르트에서 출생하였으며 1890년 7월 30일 네덜란드에서 사망할 때까지 그가 남긴 그림은 879점이었다.

　성직자의 길을 열망했던 반 고흐는 한때는 광산촌에서 '가지지 못한 자들'을 위해 정열을 불태웠지만 그의 운명은 캔버스를 떠날 수 없도록 되었다. 1889년 4월말 더 이상 그림을 그릴 수 없을지도 모른다는 두려움 때문에, 프로방스의 생레미에 있는 정신병원을 찾아가 한동안 의사의 감독을 받게 해달라고 부탁했다.

　그림 그리는 능력을 잃지 않아야만 자신의 온전한 정신상태가 보장되

리라고 생각했기 때문이었다. 고흐는 그 정신병원에 12개월 동안 갇혀 있으면서, 되풀이되는 발작에 시달리고 평온한 기분과 절망적인 기분 사이를 오락가락하면서도 이따금 그림을 그렸다.

빛이 만들어 내는 갖가지 희롱을 화폭에 담고자 삶의 마지막 순간까지 붓을 놓지 않았던 그는, 빛과 그림자가 소용돌이치는 화면을 통해 숱한 사람들의 비어 있는 내면을 향해 말을 전하였다. 1890년 5월 파리에 도착한 나흘 뒤, 호메오파시(질병의 원인이 되는 약품을 환자에게 소량 투여하는 치료방법) 의사이자 화가이며 피사로와 폴 세잔의 친구인 폴 페르디낭 가셰와 함께 지내기 위해 가셰가 사는 오베르쉬르우아즈로 갔다.

4년 전 뇌넨을 떠난 이후 한 번도 보지 못했던 시골마을로 돌아간 그는 처음에는 열성적으로 작업에 몰두했지만 고독을 이겨 내거나 병이 나을 수 있다는 희망을 포기한 그는 스스로 마침표를 찍었다. 스스로 총을 쏘아 자살을 시도했고, 이틀 뒤에 세상을 떠났다. 고독은 삶의 철학이며 인간을 대변하는 상징적인 언어이다. 인간이 돌처럼 영겁의 세월을 견디고 살아온 것도 〈극기와 자각〉이라는 깨우침이 있어서 가능하였다. 고독은 즐겁고 행복하지 않기 때문에 일어나는 감정이다.

노동현장에서 일하는 사람들은 시간에 쫓기고 일에 쫓기고 옆 돌아 볼 틈이 없으니 고독하지 않을 것이라고 생각하면 오해이다. 노동자는 일하고 돈벌이에 집중하는 것이 전부가 아니다. 누구라도 나 홀로 살 수 없다는 것이 불변의 철학이다. 다만 그것을 어느정도 의식하고 보다 나은 삶

그리움은 채소처럼 푸르다

을 위하여 노력을 하는 사람이 발전을 하게 되는 것이다. 노동자는 돼지
국밥 한 그릇을 먹고 소주를 마시면서 시름과 애환을 달랠 수가 있다. 당
신이 고독을 느낀다면 자신을 한 번 뒤돌아 볼 필요가 있다.

자신이 생각한 대로 뜻을 이루지 못하고 열정과 의욕을 상실하였을 때는
무기력한 심리상태를 복구하는 작업이 필요하다. 고독은 현실의 변화에
적응하지 못해서 일어날 수도 있으며 인간의 욕구 불만에서 초래하는 감
정이고 그런 사람들의 머릿속은 복잡하고 현실도피의 성향을 갖게 된다.

영혼이 주체할 수 없을 정도로 몸과 마음이 황폐해진 상태라면 「무인도
로 갈까요 산으로 갈까요?」라고 지금의 상황에서 벗어나고 싶어진다. 영
혼의 근육이 단단하게 만들어진 사람들은 고독을 이겨낼 수 있지만 반대
의 사람들은 자신을 추스리지 못하는 일이 발생한다.

고독에 맞서서 투쟁하는 사람들은 자신이 밝고 명랑하게 살기를 원하
기 때문에 스스로 해결할 수 있다고 믿는다. 고독을 기억하는 사람들은
새로운 고독의 유혹에 빠지지 않아야 승리할 수 있다.

골드 실버

실버들에게 인기를 끌고 있는 운동이 파크 골프이다. 오늘은 파크골프를 통해서 실버들의 삶이 건강하고 행복해질 수 있다는 측면에서 그들의 삶과 이야기를 소개한다. 해운대에서 생활하는 일흔 살의 동식은 과거에는 중소기업의 대표로 금탑산업훈장을 받을 정도로 왕성한 기업가의 반열에 올랐으나 십여 년 전에 아내가 암으로 투병하다 타계하였기에 회사를 정리하고 독거노인으로 생활하고 있다.

그가 가난한 집안에 태어나서 목구멍이 포도청이라 발바닥이 닳도록 끼니도 놓쳐가며 허리띠를 졸라매던 시절도 있었지만 근면성실하여 열심히 살았기 때문에 슬하의 아들 세 명은 모두 결혼해서 서울의 반듯한 회사에 재직하고 있다.

동식은 경제적인 여유가 있지만 혼자 살아간다는 것은 적적하고 불편하다는 것을 느끼고 있다. 그의 일상은 인근에 살고 있는 일흔네 살의 사촌 형 종수와 함께 파크골프장을 찾아가서 어울리는 시간을 유일한 낙으로 삼고 있다.

종수는 시청 공무원으로 정년퇴직하였으며 모범적인 가장으로서 자타가 인정하는 바이지만 갑자기 아내가 췌장암 수술을 받고 타계하여 홀아

비로 생활하기 때문에 마음과 몸이 힘들고 고달프다. 슬하의 아들 두 명은 한의대를 졸업하고 결혼해서 한의원을 경영하고 있으며 매월 아버지의 용돈을 각 오십만 원씩 통장으로 송금하는 일을 어기지 않는다.

그가 매월 받는 연금도 3백여만 원 이상을 수령하는 것이어서 경제적으로 윤택한 생활을 하고 있다. 동식과 종수의 놀이터인 파크 골프장에는 수많은 실버들이 그룹을 만들어서 출입하고 있으며 그들이 소속된 클럽의 명칭은 '골드 실버'이다.

회원은 8명이고 주 3회 이상 격일제로 만나서 운동을 즐긴다. 멤버의 구성원 중 4명은 배우자가 있지만 나머지는 사별하고 홀로 사는 노인이다. 골드실버의 회장은 공희두로 75세이고 전직은 출판사를 경영하면서 시인으로 활동하고 있었다.

공희두는 회원들에게 자신의 생각과 느낌을 문학적으로 표현하는 것을 즐기는 사람이다. 그가 자신의 시를 수시로 회원들에게 낭송하기도 하지만 가장 많이 들려주는 시는 박인환의 "세월이 가면"을 애송하는 일이 많아서 몇몇 기억력이 좋은 회원들은 달달 외우고 있었다.

세월이 가면/박인환
지금 그 사람 이름은 잊었지만 그 눈동자 입술은 내 가슴에 있네. 바람이 불고 비가 올 때도 나는 저 유리창 밖 가로등 그늘의 밤을 잊지 못하지. 사랑은 가고 옛날은 남는 것. 여름날의 호숫가 가을

의 공원 그 벤취 위에 나뭇잎은 떨어지고 나뭇잎은 흙이 되고 나
뭇잎에 덮여서 우리들 사랑이 사라진다 해도 지금 그사람 이름
은 잊었지만 그 눈동자 입술은 내 가슴에 있네.

공희두의 파크골프 경력은 십여 년으로 회원들 중에서는 맨 먼저 파크
골프를 시작하였으며 그는 문학에 심취한 나머지 술을 마셔야 시상이 떠
오른다고 말하면서 과음하는 일이 많았다. 공희두는 특별한 남자였다. 자
신이 실버모델이라도 되는 것처럼 백바지와 악어가죽 혁대를 착용하였으
며 카우보이모자를 쓰고 백구두를 신고 다니면서 맛집을 소개하고 친목
도모에 기여한 공로가 컸었다.

하지만 간경화로 투병생활을 하면서도 내색을 하지 않았다. 그가 한동
안 소식을 끊고 두문불출한 뒤에서야 병세가 위중한 것을 알고 회원들은
문병하였다. 공희두가 별세한 후에는 동식이 회장의 직무를 수행하였다.
동식의 애인인 미영은 65세로 오래전에 남편과 사별하였으며 파크골프를
치면서부터 동식을 만나게 되어 연인 관계로 발전하였다.

동식의 사촌 형 종수는 그들의 다정한 모습을 부러워한 나머지 미영에
게 여자 친구를 소개해 줄 것을 간절히 부탁하였다. 미영은 과부의 심정
은 홀아비가 알고 〈도적놈의 심보는 도적놈이 잘 안다〉라는 속담처럼 종
수의 부탁을 거절할 수가 없어 양산에 거주하는 여고 동창생인 '진숙'에게
의사를 타진한 결과 과히 싫어하지 않은 눈치이고 파크 골프를 치고 싶다
는 의향을 내비치는 것이어서 종수와 상견례를 나누게 되었다.

그리움은 채소처럼 푸르다

진숙은 양산에서 미용실을 경영하고 있으며 얼핏 보면 40대로 보일 만큼 매력적인 여성이다. 그녀의 성격은 섬세하고 깔끔하며 시원한 이마와 매혹적인 입술을 지니고 있다. 종수는 그녀를 만나는 첫날부터 정신을 차릴 수 없을 정도로 반하고 말았으며 회원 모두에게 식사와 커피를 대접하고 노골적으로 사랑을 고백하였다. 종수가 너무 과감하게 대시(dash)한 탓인지는 몰라도 진숙은 한걸음 뒤로 물러나서 소극적인 반응을 나타내자 그는 무소의 뿔처럼 직진으로 사랑을 고백하였다.

그녀의 생일에는 빨간 장미 119송이를 구입하고 〈불타는 가슴으로 당신에게 사랑을 고백합니다〉라는 리본을 달아서 무릎을 꿇고 바쳤지만 그녀는 단호하게 거절하였다. 진숙이가 보이콧한 이유는 자유롭게 살아가는 것을 원하기 때문에 한 남자에게 얽매여서 살고 싶지 않으며 자녀들에게 "어머니의 위상"이 허물어지는 것을 원치 않는다고 말하였다.

이런 상황에서는 아무리 뱃장이 좋은 남자라 할지라도 더 이상 앞으로 나가지 못하고 멈출 수밖에 없었다. 그날 이후로는 진숙은 파크 골프장에 모습을 드러내지 않았으며 소개한 미영이는 난처한 입장을 만회하기 위해서 궁리한 끝에 남편을 사별하고 보험회사 직원으로 근무하는 여고 동창생 미애를 소개해 주기로 하였다.

미애는 친구의 부탁을 쾌히 승락하였으며 파크골프장에서 종수와 상견례를 하고 나서 이심전심으로 통하는 관계로 발전하였다. 종수는 새로 소개받은 미애가 진숙이보다는 지성미가 넘치며 솔직하고 인간미가 넘친다고 칭찬하였다.

그리고, 보기 좋게 거절당한 진숙에 대해 불편한 감정을 드러내면서 전화위복(轉禍爲福)이 되었다고 말하였다. 또한 미애를 만난 것은 하늘이 내려준 최고의 선물이라고 강조하였으며 미영에게도 감사의 뜻으로 일백만 원을 봉투에 넣어서 사례하였다.

미영이가 사양했지만 인생의 동반자를 소개하였으니 당연히 보답해야 할 의무가 있다고 주장하였다. 어느 날 종수는 미애에게 진심에서 우러나온 사랑을 고백하였다. "내가 가장 두려워하는 것은 당신이 내 곁을 떠나는 일이죠. 영원히 함께 하기를 바랍니다"라고 말하였다.

이쯤 되면 두 사람은 찰떡궁합의 진면목을 보여준 것이다. 어느 날 8명의 회원이 파크골프장에서 라운드를 마치고 롯데마트 근처에 있는 북경반점(北京飯店)에 들려서 점심 식사를 하던 중 믿을 수 없는 이야기를 종수로부터 듣게 되었다.

그것은 종수가 수개월 전부터 미애와 동거를 시작하였으며 가까운 시일에 결혼하겠다는 뜻을 비췄기 때문이다. 그리고, 미애가 임신을 하였으며 오래전에 인도네시아 여성이 65세에 임신하고 출산하여 기네스북에 등재되었다는 얘기를 들려주었다.

자기들의 아이가 태어나면 타이기록이 될 것이라고 기염을 토하였다.

회원들은 미애가 임신했다는 소식을 듣고 식사를 중단한 채 감탄사를 연발하였다. 종수는 인생의 후반기를 미애와 함께 살고 싶다는 강열한 욕구를 즉흥적으로 날린 멘트였지만 보통(普通) 사람으로는 쉽게 결단할 수 없는 용기였다.

그것은 인생의 후반기는 자신의 행복만을 추구하겠다는 각오를 보여 준 것이다. 물론 미애와 상의한 끝에 공개적으로 밝힌 것이며 다가오는 4월 20일 토요일 오후 2시에 크로버예식장에서 결혼식을 올리기로 하였으니 회원들은 전원 참석해 줄 것을 당부하였다.

그리고 미영이가 둘의 인연을 만들어 주었기 때문에 성혼기념으로 오백만 원을 결혼식장의 하객들 앞에서 전달할 것이라고 밝혔다. 종수는 푸우하고 숨을 내쉬시면서 다음 말을 이어나갔다. "회원 여러분에게도 노후의 성생활에 한 가닥 희망을 심어 주기 위해서 솔직한 심경을 밝히고 싶었어요.

미애는 속궁합이 잘 맞는 여성이라고 생각합니다"라고 종수는 주변 사람들의 눈치를 살피지 않고 거침없이 밝히는 것이었다. 그 자리의 회원들은 넋을 잃은 상태로 어~어~라고 신음에 가까운 소리를 지르고 있었다. 그것은 자신들의 처지를 비교하면서 "마음은 굴뚝같지만 몸이 따라주지 않는다"라고 시인하는 것과 다름없었다.

특히 남자들의 자존심은 천 길 낭떠러지로 추락한 것이었다. 종수는 조금 머뭇거리더니 띄엄띄엄 확신에 찬 어조로 말하였다. "약간 늦은 감은 있어도 자녀를 두 명 이상 갖고 싶습니다"라고 밝혔다. 그는 선천적으로 출중한 정력을 갖고 태어난 사람일지도 모른다.

끝으로, 종수가 살고 있는 아파트의 소유권을 미애에게 이전하겠다는 것이며 결혼식을 가까운 사람들만 초청해서 단출하게 치를 것인지 아니면 지인들에게 청첩장을 보내고 치를 것인지를 결정하지 못해서 지금까지 발표가 늦어진 것이라고 양해를 구하였다.

회원들은 종수의 일장연설을 듣고 나서는 "백 년에 한 번 나올 수 있는 기적의 남자"라고 감탄사를 연발하였다. 그러나, 회원들의 관심사는 과연 늦둥이를 출산해서 기네스북에 오를 것인지? 종수가 호언장담한 대로 자녀를 두 명까지 낳을 수 있을런지 여부를 놓고 갑론을박하면서 입방아를 찧고 있었다.

일부 회원은 그것은 어디까지나 공약사항이니 속단해서는 안 된다고 말하였다. 아무튼 회원들의 입장에서는 종수의 존재가치가 국보급이며 하루빨리 기네스북에 등재되기를 간절히 기원하였다. 그날 이후부터는 두 사람의 얼굴을 파크골프장에서는 볼 수 없었다.

동식이가 전해 준 소식에 의하면 "결혼식 준비로 바빠서 당분간은 파크골프를 칠 수 없으니 양해를 바란다"라고 말했다는 것이다. 이상은 파크골프장에서 일어난 65세 여인과 74세 남자의 러브스토리를 소개한 것이다. 그들이 결혼한 후에도 금슬이 충만하고 옥동자를 출산해서 인구정책에 기여하고 국위선양할 수 있기를 바라면서 갈음한다.

교직 생활

나는 서른네 살을 맞이했을 때 경기도 수원여고에서 중등교사 임용고시를 치르고 일 년 후에는 경기도 이천군 '장호원고'로 발령을 받아서 가게 되었다. 그 시절에는 교직에 대한 사명감을 앞세우지 않고 아내와 세 명의 딸을 부양하는 가장으로서 선택한 길이었다. 장호원에 도착한 첫날에는 어둠이 짙게 깔린 초저녁이었으며 식사를 하기 위해서 터미널 부근의 식당으로 들어갔다. 식당의 주인 아저씨가 '이 지역 사람이 아닌데 어디서 오셨습니까'라고 물어보았다. 나는 잠시 머뭇거리다 "장호원고등학교로 첫발령을 받은 교사입니다"라고 답변하였더니 "우리 딸이 장호원고 1학년에 재학 중입니다.

우리 식당에서 하숙을 할 수 있습니다"라고 묻지도 않은 말을 하였다. 객지에서 지내려면 당분간은 하숙을 해야겠다는 생각으로 주인에게 한 달 치 비용을 지불하고 그날 밤부터 식당에서 생활하게 되었다. 아침과 저녁식사는 식당에서 먹고 점심은 학교에서 매식하였다.

그리고 약 한 달 후에는 동료 교사의 소개를 받아 초등학교 교무주임의 별채를 전세로 계약하고 진주에서 생활하는 아내와 딸들을 데리고 와서 가족 상봉이 이루어졌다. 큰딸은 아홉 살로 초등학교 2학년에 편입하였으며, 둘째는 여섯 살, 막내는 세 살이었다.

그리움은 채소처럼 푸르다

당시는 루마니아의 체조선수인 14세의 '나디아 코마네치'가 캐나다의 몬트리올 올림픽에 출전해서 개인종합, 평균대, 2단 평행봉에서 금메달을 따내 3관왕이 되었고 마루운동에서는 동메달을 획득해서 세계인의 마음속에 영원한 요정으로 남았기에 큰딸을 체조선수로 양성하기 위해서 훈련을 시켰지만 부상을 당하여 더 이상 진행하지 못하고 꿈을 접어야 했다.

둘째 딸은 인근에 있는 약국의 여주인이 친손녀처럼 챙겨 주었으며 셋째는 다람쥐처럼 동작이 민첩하여 아내가 잠시 한눈을 팔면 어디론가 사라지기 때문에 찾아다니는 일이 많았다. 아내는 이웃에 살고 있는 '바느질집' 여인과 친분이 두텁고 그녀의 남편이 민물낚시를 해서 잡아오는 생선을 매운탕으로 요리해서 먹는 일과를 즐기고 있었다.

나는 20분 거리에 있는 학교까지 자전거를 타고 다니면서 출퇴근을 하였는데 고등학교는 위쪽에 자리 잡고 있었으며 중학교는 아래쪽에 위치하였다. 이종완 교장선생님은 안양이 고향이며 반백의 머릿결에 얼굴 혈색이 좋으시고 인자하신 분이었다.

정봉섭 교감선생님은 40대 후반이며 과묵한 성격이었다. 당시 나의 직책은 지도부 담당으로 매일 아침 정문 입구에서 지각생과 두발, 복장 위반자를 선도하였으며 화장실 흡연, 극장 등 미성년자 출입 금지구역을 순찰하고 단속하였다.

이종완 교장선생님은 나의 열정을 격려하는 뜻으로 일과 후에는 중국집으로 불러서 식사를 대접하였다. 공주사대 출신인 임장묵 체육선생님 내외는 나이도 비슷하고 온유한 성품이어서 우리 가족과 친밀하게 교류하였다. 특기할 사항은 내보다 서너살 연장자인 상업과목 박성천 선생님은 40여 년의 세월이 흘러간 지금도 카톡에서 소식을 주고받는다.

장호원은 쌀과 복숭아가 특산물이여서 재직기간 중에는 품질이 좋은 쌀과 복숭아를 많이 먹었다. 특히 수업 중에는 경상도 사투리를 많이 사용하는 교사로 알려졌으며 무의식 중에 "에나"라는 단어를 남발하였다. "에나"는 사실인지를 물어볼 때 사용하는 서부경남의 방언이다. 그러나, 일 년 후에는 경기도 말씨에 적응하고 표준말을 구사할 수 있게 되었다.

어느 날 수업시간에 학생이 뒷문으로 탈출하여 산으로 도망가는 일이 발생하였을 때 나는 끝까지 추격한 적이 있었다. 그것은 지도부 교사로서의 사명감과 책임을 다하기 위해서 정신력이 강했던 것이라고 믿는다.

장호원고에서 재직 중 충북대학교에서 실시한 일급 정교사 자격연수를 이수하게 되어 우리 가족은 연수기간 중 충북대학교 후문 근처에 있는 월세방 한 칸을 빌려서 캠핑 온 가족처럼 재미있게 생활하였다.

평일은 대학교 강당에서 오후 6시까지 교육을 받고 귀가해서 아내가 준비한 식사를 세 명의 딸들과 함께 왁자지껄한 분위기에서 부대끼는 시간이 즐겁고 행복하였다. 충북대학교에서 연수를 마치는 날 교사들과 함께 버스를 대절해서 청원군 북일면(北一面) 초정리를 찾아가서 사이다처럼 쏴한 맛을 지닌 약수를 마시고 주변 경치를 감상하였다.

　강산이 네 번이나 바뀌었지만 기억의 상자를 열어보면 교직 생활에서 체험한 일들이 새록새록 떠오른다. 교직 생활의 보람은 무엇인가? 그것은 "배움을 감사히 여기고, 더 큰 세상을 향해 훨훨 날아서 비상하는 제자들을 만나는 기쁨이었다"라고 여기면서 갈음한다.

교회에서 일어난 이야기

　주일예배에서 꾸벅꾸벅 조는 사람들이 있지요. 그들은 교회에서는 편하게 잠을 잘 수 있다는 얘기를 하는데 그것이 사실이라면 하나님의 배려가 있었다는 점을 이해할 수 있다. 그러나 잠자는 것을 반대하는 사람들의 주장에 의하면 영혼이 깨끗하지 못해서 일어나는 어리석고 미련한 행위라고 지적한다.

　졸리는 현상은 심신이 피로한 사람들에게 발생하는 자연적인 현상이다. 42세 때 김해에서 부산의 엄궁시장 근처의 단독주택으로 이사를 하였으며 얼마 후에는 지인의 안내로 자택에서 가까운 교회에 등록하게 되었다.

　주일예배에 참석한 날이었다. 강단에서 가까운 다섯 번째 줄에 앉아서 담임목사의 설교를 경청하였다. 그날은 예배를 보는 동안 지속적으로 졸음이 쏟아지고 있었다. 가끔씩 허벅지를 꼬집었지만 별다른 효과가 없었으며 저절로 눈이 감기고 말았다. 비몽사몽간에 목사님의 음성이 귓전에 들려오고 있었다.

　"여기 모인 성도 중에는 아직도 회개하지 못한 사람이 있습니다"라는 지적에 잠시 실눈을 뜨고 정면을 응시하였지만 잠에서 헤어나지 못하였다.

두 번 째로 목사님의 경고가 있었다. "여기 모인 성도 중에는 아직도 사탄의 유혹에서 벗어나지 못한 사람이 있습니다"라고 말하는 순간 정신을 수습하고 정면을 바라보았을 때 희미하게 목사님의 윤곽이 보였다. 처음부터 잠을 자기 위해서 예배에 참석한 것은 아니었지만 목사님의 설교가 자장가처럼 들려서 수면을 취하였는지도 모른다. 목사님은 세 번째로 나를 향해서 경고하였다. "여기 모인 성도 중에는 교회가 숙박업소인 줄로 착각한 사람이 있습니다"라고 불호령이 떨어진 것이다.

목사님은 덩치도 컸지만 목소리가 지금까지 만나본 사람들 중에서는 최고의 강자였다. 나는 더 이상 버티지 못하고 "하나님, 숙면에 취한 자를 구원하소서"라고 기도하였다. 그리고 가까스로 정신을 수습하였지만 세 차례나 지적받아서 미안한 감정을 갖게 되었으며 설교가 끝나기도 전에 귀가하였다.

그날 이후로는 더 이상 예배에 참석하지 않았으며 참회하는 시간을 갖게 되었다. 지난날 그 교회의 목사님께 사과하는 뜻에서 이 글을 올리게 되었다.

구로

진주의 비봉산 정상에서 아래로 내려가면 초가집 기와집이 오밀조밀하
게 모인 드무실(동리 이름)의 어느 가난한 집에서 데리고 온 똥개 구로를
사육한 얘기다. 구로는 이웃을 돌아다니면서 똥을 주워 먹고 겨우 목숨을
연명하였기 때문에 뱃가죽이 등허리에 찰싹 달라붙었으며 갈비뼈가 앙상
하게 드러난 채 눈빛은 게슴츠레하고 걸음은 비실비실하였다.

귀는 윗부분이 약간 꾸부려져 있었으며 털빛깔은 검은색으로 셰퍼드와
토종의 잡종이었다. 처음엔 이웃집 수캐들이 수시로 집적거리면 도망치
기 일쑤고 몇 마리의 수캐들이 따라다니면서 집단으로 괴롭히는 것이어
서 항상 꼬리를 내린 채 집안에서 지내고 있었다. 아버지는 똥개의 이름
을 '구로'라고 작명하였는데 일본어 黒い, か黒い.(쿠로이, 카구로이)에서
착안하여 '검다'는 뜻이다.

가친은 중앙시장의 곰탕집에서 뼈다귀를 구해서 먹이는 일이 많았으며
구로는 체중이 점점 불어나고 털에도 기름이 흘렀다. 아버지는 하루도 빠
짐없이 구로를 동행하여 비봉산을 등산하거나 촉석루 계단을 오르내리는
훈련을 시켰다. 누구나, 자신이 사육하는 개가 다른 개들에게 물려서 낑
낑거리면 속이 상할 것이다. 그 시절엔 구경거리가 없어서인지는 몰라도
개들이 교미하거나 싸우는 장면을 눈여겨보는 사람들이 많았다.

그리움은 채소처럼 푸르다

어느 날 '구로'가 더 이상 동네 개들의 놀림감이 되지 않는 특별한 사건이 발생하였다. 동네에서 싸움 잘하기로 소문난 '노랭이'가 수시로 찾아와서 구로를 괴롭혔는데 노랭이와 일전을 벌인 끝에 구로가 압승하였다. 그날 이후에도 '노랭이'의 주인은 몸보신을 시켜서 다시 도전하였지만 초주검이 되었기에 화가 난 주인이 강제로 보신탕집에 끌고 가서 팔아 버렸다는 소문을 들었다.

이제, '구로'는 동리에서 가장 힘이 센 수캐가 되어 젊고 어여쁜 암캐들을 거느리게 되었으며 전성기를 맞이하게 되었다. 한 번은 '불도그'와 맞붙어서 끝까지 목을 물고 흔들었기 때문에 유혈이 낭자한 것을 지켜본 불도그의 주인은 싸움을 포기하고 말았다. 간혹 셰퍼드나 진돗개를 데리고 와서 도전하는 사람들이 있었지만 구로를 이겨본 적이 없었다. '구로'가 승기를 잡은 이유는 충분한 영양섭취와 훈련이라고 믿는다. 드디어 '구로'는 진주시에서 투견으로 명성을 떨치게 되었다.

그리고 구로의 위상이 높아지면서 뚜렷한 변화가 일어나게 되었다. 주야불문하고 암캐들이 찾아와서 교미하는 일이 흔하였으며 '구로'가 행차하면 수캐들은 꼬리를 내리고 길을 비켜 주거나 땅바닥에 엎드려서 고개를 숙였다. 그것은 옛날 왕들의 행차에서 볼 수 있는 모습이었다.

그리고 '구로'의 씨를 받기 위하여 암캐들을 몰고 오는 견주도 있었으며 아버지는 기력이 쇠해진다는 구실로 거절하였지만, 정작 '구로' 자신이 암캐들을 보면 사족을 못 쓰고 날뛰는 것을 말릴 수가 없었다. 암캐들은 '구로'의 늠름하고 당당한 체구에 반해서 모두가 순응하고 복종하였다. '구로'는 정력이 출중한 탓으로 며칠씩 외박하는 버릇이 생겨서 찾으러 다닌 적도 있었다.

그 시절에는 길거리에서 개들이 교미하는 일이 흔했으며 구경꾼들은 막대기로 후려치거나 뜨거운 물을 꼬리에 쏟아붓기도 하였다. 이런 행동은 오늘날 동물 학대 죄에 속하지만 구로의 전성기엔 무죄였다는 점을 밝혀둔다. 하지만 예전의 '노랭이' 주인이 묵은 감정을 앞세워 길거리에서 개들이 교미하는 행동은 자라나는 어린아이들의 정서에 해를 끼칠 수 있다고 이의를 제기하면서부터 가친은 "구로"의 교미를 통제할 수밖에 없었다.

어느덧 구로를 사육한 지 십여 년 이상이 경과하였을 때는 '구로'의 체력이 점점 허약해지고 수캐들과의 싸움에서 고전을 면치 못하게 되었으며 예전처럼 암캐들과의 교미 행위도 눈에 띄게 줄어들었다. '구로'의 눈은 항상 충혈되어 눈곱이 끼고 물기로 젖어 있었으며 우울증에 걸렸는지는 몰라도 하루 종일 잠자거나 맛있는 고기를 갖다주어도 거들떠보지 않았다.

아버지는 '구로'를 더 이상 사육할 수 없다는 판단을 내리고 삼천포에 거주하는 친척에게 무상으로 넘겨주었는데 신기하게도 6개월 만에 제 발로 걸어서 우리 집을 찾아오는 일이 발생하였다.

그리움은 채소처럼 푸르다

그러나 '구로'가 80리 길을 걸어오면서 제대로 먹지 못하고 탈진 상태였기 때문에 동물 병원에 입원하였으나 끝내 건강을 회복하지 못한 채 파란만장한 일생을 마감하고 말았다. 사람이나 짐승을 막론하고 젊었을 때 몸을 함부로 사용하면 늙어서 골병이 든다는 사실을 보여 주는 교훈이라고 믿는다.

P.S: 비봉산 뒤편의 지명은 '드무실'이며 구씨들의 집성촌이 있었다. 드무실은 가수 남인수의 고향이고 남인수의 본명이 강문수인데 얼굴이 구씨들의 모습과 빼닮아서 남인수의 성이 구씨라는 설도 있다.

군대 친구

친구의 정의는 사람마다 다를 수 있지만 일반적으로는 서로 신뢰하고 존중하며 서로에게 편안함과 지지하는 사람을 말한다. 오늘 소개하는 친구는 학연, 지연과는 전혀 상관없이 군 복무 기간 중에 인연을 맺은 친구다. 그의 이름은 김수길로 조선대 약대를 졸업하고 ROTC 6기 의정장교로 임관해서 필자와 함께 대구 국군의무사령부에서 OBC 과정을 이수할 때 동기로서 끈끈한 우정을 쌓게 되었다.

3개월 훈련 기간 중 우리는 같은 내무반에서 생활하게 되었다. 훈련 기간 중의 주말에 외박을 받았을 때는 필자의 처가인 진해로 동행해서 장모님이 상다리가 부러질 정도로 융숭하게 대접한 적이 있었는데 전역한 후에도 그날의 일을 오래오래 잊지 않고 기억하였다.

그는 의정장교로 만기 전역 후 광주시 월산동에서 약국을 개업하였으며 전남약사회 부회장과 광주 서구의회 의장을 역임하는 등 지역사회의 유명 인사로 활동하였다.

필자가 2,000년도에 체육시설 관계로 광주의 헬스장을 방문하였을 때 나의 머릿속에는 온통 김수길 소위가 각인되어 있었다. 그래서 헬스관장에게 "혹시 김수길 씨를 아십니까"라고 물어보았는데 뜻밖에도 "평소에 교류하는 분입니다"라고 말하면서 친절하게 연락처를 알려 주었다.

나는 곧바로 친구에게 전화를 걸어서 반갑게 인사를 나누었다. 그는 공사간에 업무가 바쁜 가운데도 불구하고 일체의 외부 일정을 취소하고 나를 찾아왔으며 "귀한 손님에게 최고의 대접을 베풀고 싶다"라고 말하면서 유명한 한정식 식당으로 안내하여 식사를 대접하고 늦은 밤까지 대화를 나누었다. 2004년도에는 국민생활체육협의회가 주최한 광주문화축제에 부산 씨름단을 인솔하였을 때는 임원과 선수 이십여 명에게 식사와 다과를 제공하였으며 그날 이후에도 체육시설 업무로 광주를 방문하면 진심으로 환영하고 식사를 대접하였다.

그는 업무가 바쁜 탓으로 부산을 방문할 수 없었는데 외과의사인 장조카의 맞선을 주선하였을 때 당일치기로 부산을 방문하였다. 나는 친구에게 많은 신세를 졌기 때문에 성의를 다해서 식사를 대접하였으며 헬스클럽용 사이클을 선물하였다. 그리고 2021년에는 필자가 근무하는 한의원의 원장을 동행해서 전북 완주의 산화질소 공장을 방문한 후에 그가 재직하는 광주원광병원을 찾아가서 상봉하고 한정식집에서 저녁식사를 대접받았다.

그런데 그가 원광 병원에서 약사로 재직하게 된 사연은 의사인 장형과 함께 요양병원을 설립하였으나 재정난으로 폐업하고 자리를 옮긴 것이었다. 그는 어떤 악조건에서도 궁색한 말을 한 적이 없었으며 변함없는 우정을 베풀었지만 지병이 악화되어 유명을 달리하게 되었다는 부음을 접

하게 되었다. 나는 복받치는 감정을 억제할 수 없었지만 부족한 인간의
능력으로는 미칠 수 없는 영역임을 알게 되었다. 호남지역을 대표하는 나
의 유일한 친구 김수길 씨의 영전에 이 글을 바치면서 고인의 명복을 빌
어드린다.

그리움은 채소처럼 푸르다

특별한 사람

그는 오래전부터 업무상으로 만나는 후배이며 두뇌가 명석하고 조경분야에 탁월한 전문성을 갖고 있다. 그의 고백에 의하면 뒤늦게 교회에 나가서 하나님을 만난 것은 기적이며 어려운 고비마다 성령의 은사를 받았다는 것이다. 그가 지방의 중견 건설회사에 발탁된 배경은 신축 아파트 조경공사 건으로 회장과 면담하는 자리에서 해박한 지식을 인정받아 전무이사 직책을 제안받은 것이다. 처음에는 반신반의하였지만 연봉을 일억 이상 주겠다는 말에 호감을 갖고 아내와 상의하였더니 거절할 이유가 없다는 반응을 보이자 얼마 후에는 수락하게 되었다.

전무이사로 입사한지 육 개월 만에 미분양 아파트 200동을 해결하는 공로를 세웠다. 또한, 회사의 만성적인 경영적자를 구조조정으로 해결하여 회장으로부터 신임을 받게 되었으며 정해진 시간에 출근하지만 자유롭게 퇴근하는 유일한 직원이 되었다. 그는 주간신문의 사설에서 읽은 지식을 토대로 정치, 경제, 사회, 문화 전반에 걸쳐서 자신의 견해를 밝히거나 대학의 교수처럼 강의하는 사람이다. 며칠 전에는 지인들과 송년 회식을 하는 자리에서 'January'의 Janu라는 스펠링이 Janus라는 신을 뜻하며 문과 대문 사이의 문간을 의미하고 한 해가 시작되는 처음과 끝의 신을 의미하며 정월(January)은 지난날을 돌아보고 새해의 계획을 세운다는 뜻이라고 설명하였다.

또한 Family의 Fam은 Father+Mother이며 ily=I Love You의 합성어로 가정은 아버지, 어머니, 자녀들로 구성되며 서로 사랑하는 것이 핵심이라고 강조하였다. 그는 교회에서 담임목사가 설교하는 내용에 허점이 있으면 그냥 지나가지 않고 주일의 바쁜 시간에도 찾아가서 따지는 사람이기에 한번 당해 본 목사는 주일에 그를 만나는 것을 불편하게 생각하였다. 어느 날은 주일예배를 끝낸 후에 담임목사를 찾아가서 "자녀를 해외로 유학을 보낸 이유를 해명하세요"라고 공격하였으며 교회 헌금을 받아 생활하는 목사님이 왜? 고급 양복을 입느냐고 질타하였기에 장로님들이 모여서 징계위원회를 개최하고 제명 처리하였다.

그가 교회에서 쫓겨난 후로는 교인 수가 50여 명 규모의 개척교회에서 주일예배를 참석하였는데 지인들이 거기서는 불만사항이 없느냐고 물어보았을 때 '가난한 교회에서는 더 이상 할 말이 없다'라고 말하였다. 그는 역사상 가장 존경하는 인물로 나라와 국민을 지키기 위해 목숨을 바친 이순신 장군을 첫 번째로 꼽는다고 하였으며 작금(昨今) 의 현실에서 부패한 정치인들을 타도하기 위해서는 국민들이 일어서야 할 것이라고 치를 떨었다. 어느 날은 회식하는 자리에서 공무원인 친구를 향해 청렴결백하지 못한 것을 질타하였으며 둘이서 멱살잡이를 하는 바람에 식당은 난장판이 되고 말았다.

최근에는 그의 매형이 주색잡기로 방탕한 생활을 하면서 가정폭력을 일삼는다는 누나의 하소연을 듣고 분을 참지 못해 매형의 내연녀 집으로 쳐들어가서 잠자는 매형을 깨우고 훈계한 적도 있었다. 그날 이후로는 매

그리움은 채소처럼 푸르다

형이 그를 만나면 삼십육계 줄행랑을 치지만 외도 버릇을 확실하게 고칠 때까지는 그냥 넘어가지 않을 것이라고 경고하였다. 그는 2남 2녀를 두었는데 장남은 학군장교로 최전방에서 군 복무 중이며 차남은 중학교 때부터 아예 공부는 뒷전이고 사고뭉치가 되어 결국은 자퇴하고 말았으나 아버지의 가정교육에 힘입어 검정고시로 중등과정을 마치고 호주에서 어학연수 중이다.

셋째 딸은 대학에서 연극 영화과를 전공하였으며 졸업 후에는 영화배우로 활동하고 있다. 한 살 터울인 막내딸도 대학 재학 중 미인 콘테스트에 입상하고 영화배우로 활동 중이다. 그가 특별한 능력을 가진 사람이라는 것을 지인들은 인정하고 있다. 사고뭉치 둘째 아들을 개과천선하게 만든 것도 그의 능력이라고 볼 수 있다. 그렇지만, 얼마 전부터 그가 회사에서 명퇴하였다는 얘기가 들린다.

정작, 본인에게 물어보면 '휴직계를 내고 연예계 활동을 하는 딸들의 매니저 역할을 하기 위해서'라고 변명하였지만 들리는 소문에 의하면 그가 재직하였던 건설회사의 대표 역시 성질이 괴팍스러워서 둘이 언쟁을 한 뒤 해고를 당했다는 소문이다.

이 세상에는 특별한 사람들이 눈에 띄지만 그들이 모두 출세 가도를 달리는 것은 아니다. 잘 살펴보면 인내심이 강한 사람들이 성공한 사례가 많다는 것을 긍정적으로 받아들이면서 이 글을 갈음한다.

그리운 사람에게 편지를 쓰고 싶었어요

기억에 남아 있는 선생님

진주중학교 재학 시절에 영어과목을 가르친 진동조 선생님은 수업 시간 중에 'Lesson one'이라고 발음하시면 우리는 영국 본토 발음이라고 믿었다. 진동조 선생님은 눈과 머리카락도 서양인을 닮아서 선생님의 발음을 모방하려고 애썼다. 정수영 도덕선생님은 '성교육'을 하실 때는 교실의 커튼으로 창문을 가리고 어둠 속에서 수업을 하셨는데 지금 생각해 보면 특별한 것도 없었지만 우리들은 숨소리를 죽이면서 귀를 열고 경청하였다. 강의 주제는 수음(masturbation)이고 과도한 수음은 신경이 예민해지고 학습장애의 원인이 된다고 가르쳤다.

국어과목 주창복 선생님은 목소리가 큰 편이며 쾌활한 성품으로 '복창'이란 낱말을 설명하셨을 때 학급의 김재봉 반장이 일어나서 복창을 뒤에서부터 읽으면 어떻게 되느냐고 물었다. 주선생님은 잠시 머뭇거리더니 반장을 교단 앞으로 나오라고 명령하였으며 이마에 굴밤을 선물하였다. 김재봉은 두뇌가 명석하고 웃기는 재주가 있었는데 훗날 문화일보 편집국장을 역임하였다.

물상 과목을 가르친 이병숙 선생님의 별명은 '인민군 대장'인데 왜? 인민군 대장이라는 닉네임이 붙여진 것인지는 규명되지 않았으나 일설에 의하면 반공교육을 잘 받은 학생이 만든 것이라고 알려졌다, 하지만 선생님의 외모에 어울리지 않는 별명이었다. 이병숙 선생님은 인자하였으며 훗날 진주시 교육장을 역임하셨다. 필자가 김해고에서 재직할 때 이병숙 선생님의 아들 이창곤 선생과 함께 근무하였다.

변영호 선생님은 열정이 용광로처럼 끓어오르는 분이셨다. 선생님은 축구를 전공한 적이 없는데도 감독을 맡아서 이론과 실기를 지도하였으며 '진중 축구부'가 전국 대회 우승을 하도록 견인차 역할을 하였다. 변영호 선생님은 한 번 시작한 일에 대해서는 끝장을 보는 성격이어서 우유부단한 사람들에게는 귀감이 되었다.

진중 3학년 시절에 국어 과목을 가르친 황정규 선생님은 초롱초롱하고 맑은 눈빛으로 열정을 다해서 가르쳤다. 그러나 중학교에 부임하신지 얼마 되지도 않으셨는데 진주 고등학교에 스카우트되시어 전근을 가시게 되었다. 나는 진주고로 진학한 후에도 본격적인 수업을 받게 되었다.

선생님은 "향수"라는 시를 소개하였으며 칠판에 글을 쓰실 때는 신들린 사람처럼 움직이는 모습을 보여주었기에 학생들은 탄성을 질러대고 있었다. 우리들은 황 선생님이 들려준 이야기 중에 일본의 민완기자인 "쓰기야마"를 떠올리면서 "쓰기야마" 선생님이라고 불렀다.

선생님께서 가르친 "향수"라는 시의 저자는 월북작가로 해금되지 않은 작품이었지만 대단한 용기를 갖고 가르치셨다고 짐작된다. 정지용의 향수는 1987년 9월 깊은샘 출판사에서 출간하여 정부에 납본한 〈정지용 선집-시와 산문〉이 1988년 1월 납본필증을 교부받으면서 시인 정지용이 공식적으로 납·월북 작가 해금 1호가 되었기에 그날의 황정규 선생님을 회상하면서 "향수"를 소개한다.

(정지용 - 향수)

넓은 벌 동쪽 끝으로/옛 이야기 지줄대는 실개천이 휘돌아 나가고/얼룩백이 황소가/해설피 금빛 게으른 울음을 우는 곳.
그 곳이 차마 꿈엔들 잊힐리야/질화로에 재가 식어지면,
비인 밭에 밤바람 소리 말을 달리고/엷은 졸음에 겨운 늙으신 아버지가/짚베개를 돋워 고이시는 곳/그 곳이 차마 꿈엔들 잊힐리야/흙에서 자란 내 마음/파아란 하늘빛이 그리워/함부로 쏜 화살을 찾으려/풀섶 이슬에 함초롬 휘적시던 곳/그 곳이 차마 꿈엔들 잊힐리야/전설 바다에 춤추는 밤물결 같은/검은 귀밑머리 날리는 어린 누이와/아무렇지도 않고 예쁠 것도 없는/
사철 발벗은 아내가/따가운 햇살을 등에 지고 이삭 줍던 곳/그 곳이 차마 꿈엔들 잊힐리야/하늘에는 성긴 별/알 수도 없는 모래성으로 발을 옮기고/서리 까마귀 우지짖고 지나가는 초라한 지붕/흐릿한 불빛에 돌아앉아 도란도란거리는 곳/그 곳이 차마 꿈엔들 잊힐리야.

학창시절의 "향수"는 학교운동장을 누비면서 뛰고 달렸던 소년의 숨소리를 뒤로한 채 점점 멀어져 가고 있다. 백 미터를 달리고 개양 삼거리까

지 마라톤을 뛰었어도 심장의 맥박은 변함이 없었던 시절이었지만 그것은 기억 속에 저장된 소년의 그림자이다.

나에게 편지를 쓰고 싶었어요

그런데 말이야
벚꽃이 지고 나서
적막한 가슴을 누르고 있는데
갑자기 눈물이 흐르잖아
그런데 있잖아
활짝 핀 목련꽃을 보고
하늘의 별이 생각나잖아
나는 울고 싶었어
아버지도 생각나고
어머니도 보고 싶었지
그래서 글 한 줄 올렸는데
철쭉꽃은 장난치며 웃고 있잖아
그래서 말인데
아내는 얼마나 외로웠을까
내 나이가 스물 넷인데
백암산 계곡에서 국토방위 섰었지
황홀하게 빛나던 날을
추억하기 위해
촛불 하나 켜 두고 싶었지

그리움은 채소처럼 푸르다

간절한 그리움을 달래기 위해
눈물 한 방울 흘리고 싶었지
솔직하게 말해서
나에게 편지를 쓰고 싶었어요

남강과 공동우물

어린시절에는 폭염에도 부채를 부치면서 더위를 견디고 선풍기는 구경할 수 없었다. 열대야가 계속되는 밤에는 남녀노소 막론하고 남강에서 미역을 감거나 백사장에서 노숙하는 사람들도 있었다. 그때는 사시사철 남강의 돌팍 위에서 빨래하는 아낙네들이 많았으며 빨래를 전문으로 삶아주는 업소도 몇 군데 있었다.

남강은 아낙네들의 빨래터이며 푸념을 털어놓는 사교장이었다. 또한 남강의 물을 물지게로 운반해서 판매하는 물장수도 있었다. 옥봉동의 공동우물은 할머니 집에서 5분 거리이고 할아버지, 숙부님은 물지게로 운반하였다. 사범학교를 졸업한 숙부님은 운반하는 과정에서 균형을 잡지 못하고 절반은 길바닥에 흘리는 일이 많았다.

공동우물은 동네 어른들이 관리하였으며 정기적으로 청소도 하였지만 개구쟁이 소년들이 우물가에서 놀다가 추락하여 구조작업을 벌인 적도 있었다. 그 시절에 우물가 양철집에는 내 또래의 이쁜 여학생이 살았는데 그녀는 바깥출입을 전혀 하지 않았으며 나와 눈길이 마주친 적도 거의 없었다. 그녀의 아버지는 엄격하고 보수적이어서 딸이 우물가에서 얼씬거리지 못하도록 단속하였다.

그리움은 채소처럼 푸르다

중학교에 재학 중일 때는 조부모님의 곁을 떠나서 가친이 경영하는 대안동 피혁상으로 거처를 옮겨서 생활하였기 때문에 옥봉동의 공동우물은 관심에서 멀어지고 말았다. 지난날을 돌이켜보면 공동우물에서 두레박으로 물을 길어 올리고 물동이를 이고 가는 여인들은 그 시절의 낭만이었다. 세월이 강물처럼 흘러가버린 지금도 남강에서 빨래하는 할머니의 모습이 떠오르고 미역을 감았던 추억이 그리워진다.

남강의 추억

부산에 정착한 지도 어느덧 40여 년의 세월이 지나갔지만 내고향 진주를 한시도 잊은 적이 없었다. 객지에서 생활하는 사람들은 자신의 뿌리가 어딘지를 생각하게 되고 삶의 기초를 만들어 주고 자양분을 공급해 준 가족과 산천이 그리워지는 것은 당연지사라고 믿는다.

해마다 명절을 맞이하는 것은 연중 행사이지만 집안의 어른들은 오래전에 유명을 달리하고 말았다.

어린시절과 학창시절을 내고향 진주에서 생활하는 동안 어른들의 손길로 보살핌을 받았으며 남강 물을 마시고 피를 만들었다. 남강은 아이들의 물놀이하는 장소이고 서민들의 몸에 붙은 때를 벗기는 목욕탕이고 청춘 남녀들은 남강 둑과 백사장을 거닐면서 데이트를 즐겼으며 시인은 정서를 가다듬고 시상을 떠올리는 곳이었다.

남강은 서민들의 휴식과 스트레스를 풀어 주는 위안소이고 천하장사를 꿈꾸는 씨름꾼들의 훈련장이었다. 어린 시절에는 남강 물을 물지게로 배달하는 물장수가 있었으며 할머니는 항아리에 남강 물을 가득 채우고 식수로만 사용하였다. 집에서 세수할 때는 남강 물에 우물을 섞어서 사용하였으며 할머니는 손자의 얼굴을 씻은 물에 걸레를 헹구었다. 상수도 시설

그리움은 채소처럼 푸르다

이 없었던 시절이어서 남강 물을 소중하게 여겼다. 할머니는 전기와 물을 아껴 쓰라고 입버릇처럼 강조하였으며 학교에서는 작은 리본에 "물을 아껴 쓰자"라는 글씨를 오른쪽 가슴 부위에 핀으로 고정해서 달고 다녔다.

농한기에 개최하는 개천예술제는 주로 서부경남에 거주하는 농민들이 여관에 숙박하면서 관람하였으며 남강백사장에서는 전국장사씨름대회와 소싸움대회를 개최하였다. 씨름선수들은 서열이 있었으며 초보 훈련생은 가친(양유식 장사)이 경영하는 대안동 피혁상에 들러서 국방색 가방 속에 들어 있는 씨름 샅바와 한 말 짜리 주전자에 식수를 가득 채워서 남강 백사장까지 운반하였다.

나는 고등학교에 입학해서 처음으로 씨름을 배웠으며 또래의 아이들과 씨름 샅바와 식수를 담당하였다. 그때는 내보다 다섯 살이 많은 훈련생이 주류도매상에서 술을 배달하면서 틈틈이 씨름을 배울 정도로 인기종목이었다.

씨름 훈련시간은 오후 1시에 시작해서 오후 5시까지 진행하였으며 가친은 20여 명의 제자들을 상대로 한 명당 열 판의 씨름을 쉬지 않고 지도하였다. 도합 200여 판의 씨름을 실기로 가르쳤다. 수련생들은 선수들의 몸에 묻은 모래와 땀을 타월로 닦아 주고 훈련을 마치면 남강에서 목욕하는 선배의 등을 밀어주기도 하였다.

그 시절 서민들이 목욕탕에 가는 일은 구정과 추석 명절 두 번인데 명절 며칠 전부터 목욕탕은 문전성시를 이루고 목욕탕의 실내는 희뿌연 수증기 속에서 옹기종기 모여앉아 자식들의 살갗에 붙은 때를 타월로 밀어내는 어른들의 억센 손아귀를 벗어나려고 아이들은 비명을 질러대고 있었다.

1950년대는 6.25전쟁이 끝난 직후여서 경제적인 사정이 좋지 않았기에 남강에서 몸을 씻는 일이 흔하였다. 그 시절에는 남강교를 "철구 다리"라고 칭하였으며 철교를 건너가는 일을 "배 건너 간다"라고 하였다. 진주를 흔히 교육의 도시 예향의 도시라고 말한다. 그것은 진주가 불세출의 예인들을 많이 배출한 곳이기 때문이다.

특히 대중가요 분야가 그렇다. '무정 열차'를 부른 남인수, '불효자는 웁니다'를 작곡한 이재호, '목포의 눈물'을 작곡한 손목인, '밤안개'를 작곡한 이봉조, '대머리 총각'을 작곡한 정민섭, 그리고 가수 위키 리(이한필) 등등 당대를 풍미한 예인들이 모두 진주 출신이며 아호가 파성(巴城)인 설창수는 시인으로 유명하지만, 사실 그는 열혈 연극인이었다.

그가 '젊은 계승자'나 '동백꽃 다시 필 때'와 같은 희곡을 8편이나 쓴 점, 연출과 배우로도 활동한 점, 개천연극경연대회(영남연극경연대회 후신)를 창설한 점 등이 그런 사실을 입증해 준다. 출처: 경남일보(https://www.gnnews.co.kr)

진주는 초, 중, 고, 대학이 타 시도에 비하여 월등하게 많았으며 서부경

그리움은 채소처럼 푸르다

남 지역에서 유학 온 학생들이 자취나 하숙을 하고 있었다. 세월이 유수처럼 흘러간 뒤에는 진주에서 학창시절을 보내면서 문학을 공부한 사람들이 「남강 문학협회」를 구성하여 전국적인 명성을 떨치고 있다. 비영리 민간단체인 남강문학협회의 회장은 김기원(교수 정년퇴임)이며 양왕용 시인, 이유식 문학평론가, 김창현 수필가, 정목일 수필가, 이영성 시조시인, 박일 아동문학가, 성종화(법무사) 시인 등 기라성 같은 문인들이 포진되어 있다.

진주고등학교 재학 시절엔 정운성 진주고(33회) 동기가 개천예술제에서 탁월한 실력으로 시부문 장원에 뽑혀서 학원지에 소개된 적이 있으며 후에 조선일보사 기자로 활동하고 스포츠조선 편집국장을 역임하였다. 나는 2008년 2월에 계간지 "시와 수필"에 '소장수 선생님'이라는 수필로 등단하여 오늘날 한국문인협회, 부산문인협회, 남강문학협회, 전원문학회, 리더스에세이 회원으로 활동하게 되었음을 자랑스럽게 여기면서 동료 문인들에게 진심으로 감사드린다.

남기복옹 회고

늦가을 궂은비가 내리는데 미처 우산을 준비하지 못한 사람들이 부산의 번화가 서면의 버스정류소로 우르르 몰려들기 시작하였다. 그 시각 70대로 보이는 노인이 정류소 입구에 양 발을 넓게 벌리고 늑대처럼 살기를 띤 채 고함을 질러대고 있었다. "어이, 버릇없이 어른 앞을 막아서면 안 보이잖아?" 누굴 보고 말하는 건지 짐작할 수 없는 시비였다. 바로 그때 비를 피해 승강장 안으로 들어온 노신사가 엄하게 꾸짖었다.

"여보세요, 지금 누구한테 반말이요?"라고 반문하였다. 그 순간 70대 노인이 삿대질을 하면서 "보자 하니 젊은 사람인데 말버릇이 안 좋군!! 너희 집에는 형님도 없나?" 이 말을 공손히 듣고 있던 노신사는 기가 막힌 듯 "이봐요, 당신이 예의 없이 반말하는데 어디 주민등록증 좀 봅시다." 그렇게 하여 두 노인은 지갑을 펼치고 주민등록증을 확인한 후 70대 노인은 꿀먹은 벙어리처럼 입을 굳게 다물고 말았다.

그 이유는 두 사람의 나이가 20년 이상 차이가 나서였다. 70대 노인이 머뭇거리면서 뒤로 한 발짝 물러서더니 "보기보다 나이를 많이 먹었군요"라고 혼잣말로 중얼거렸다. 노신사의 정확한 나이는 만 93세였으며 70대 노인은 20년 연하였던 것이다. 오늘 지면으로 소개하는 남기복옹은 항상 겸손하며 젊게 사는 비결을 지니신 분으로 자타가 공인하는 분이다. 또한

그리움은 채소처럼 푸르다

누구나 그 분의 모습을 대하면 두 번 놀라게 된다. 실제 나이를 확인하면 93세의 고령이지만 외관상 피부가 60대로 보이는 것이다.

　남옹은 (사)한국건강대학 초급과정 6기를 졸업하였으며 1기 최고위과정을 수료하였다. 남옹을 아무리 훑어보아도 외모로 봐서는 60대로 보이기에 그 이유를 알고자 직접 인터뷰하게 되었다.

　남기복 옹의 고향은 충청북도 영동이며 15세 때 일제 식민지 치하에서 이발사가 되기 위해 멀리 함경북도 회령군의 일본인이 경영하는 이발소에 견습생으로 들어가서 스물한 살이 될 때까지 만 6년 동안 기술을 익혔으며 이발사 자격시험에 합격하여 직원으로 채용되었을 때 첫 월급이 15원인데 당시 면사무소 직원의 월급은 고작 7원에 불과하였다.

　그는 완고한 할아버지의 강요에 못 이겨 17세가 되던 해에 영동 생가에서 30여 리 떨어진 곳에 살고 있는 두 살 연상의 처녀와 맞선을 보고 일주일 만에 결혼식을 올리고 회령에서 신혼생활을 하던 중에 부산에서 교사로 재직하는 처조카의 소개로 부산으로 이사해서 공립중학교 구내 이발관을 65세까지 운영하였다.

　그는 슬하에 3남 3녀를 두었으며 장남이 일흔 살이고 자그마치 15명의 손자, 손녀를 거느리고 있다. 오래전에 부인과 차남이 질병으로 별세하였지만 5남매가 부산에 모여서 아버지를 봉양하기 때문에 유복한 노후생활을 즐기고 있다. 남 옹은 170cm의 키와 56kg의 몸무게를 50년 이상 한 결같이 유지하고 있으며 어떤 음식이든지 가리지 않고 먹되 한 공기 이상 밥을 먹은 적이 없고 매일 학교 운동장을 여섯 바퀴 이상 걷는 것이 건강의 비결이다.

그는 항상 밝게 웃는 표정이며 어려운 형편의 노인을 만나면 일만 원권 지폐를 한두 장씩 손에 쥐여 주는 일이 흔하여 그 이유를 물어보았더니 "베풀 수 있을 때 주는 것이다"라고 짤막하게 대답하였다.

지금껏 세계 최고령자로 생존한 사람은 영국의 토마스.파로 152세를 일기로 사망하였다. 건강대학의 남기복옹이 토마스파의 장수기록을 깰 수 있기를 기대하였지만 작년에 노환으로 별세하였다. 인생을 둥글둥글 아름답게 살다 가신 남기복 옹의 명복을 빌어드리면서 갈음한다.

그리움은 채소처럼 푸르다

내고향 진주의 추억

오늘날의 옥봉동은 당시로서는 옥봉남동과 북동으로 구분하였으며 조부모 집의 행정구역은 옥봉북동이다. 할머니 집은 3개의 방이 있었는데 큰 방은 할머니와 나, 남동생 승근이가 기거하였으며 가운데 방은 할아버지가 사용하고 끄트머리 작은방은 숙부님이 사용하였다.

조부모님 집이라고 기록해야 맞는 말이지만 할머니가 의식주를 담당하였기 때문에 나도 모르게 할머니 집이라고 호칭하게 되었다. 할머니 집은 장독대 뒤로 대나무숲이 우거지고 넓은 마당 한쪽에는 왕감나무가 있었으며 넓은 공터에는 고추, 배추, 상추, 부추, 파, 호박, 가지, 고구마 등 반찬거리 채소를 재배해서 자급자족하였다.

할머니 집은 양철 지붕이었기 때문에 한여름에는 태양의 열기로 인하여 방안이 뜨거워서 마당에 멍석을 깔고 모기장을 설치해서 잠을 잤다. 우리 집 부근에는 당수도를 수련하는 서너 살 위의 공영삼 선배가 살았으며 훗날 SK텔레콤 회장으로 재직한 손길승 회장님도 인근에서 생활하였다.

나는 진주고등학교 33회이며 손길승 회장님은 29회 졸업생이고 서울대학교 상학과를 졸업한 후 ROTC 1기 중위로 전역하였다. 옥봉동에서 함께 생활한 이갑진 씨는 봉래초등학교, 진주중학교, 진주고(32회) 한 해 선배이고 해군사관학교를 졸업한 후 해병대 사령관(중장)을 역임하였다. 봉래 초등학교 가는 길목에 성당이 있었는데 점심시간에는 미국에서 원조 받은 옥수숫가루를 끓여서 만든 '강냉이죽'을 무료로 제공하였다. 끼니를 걱정하는 주민들은 냄비와 주전자를 지참하고 줄을 서서 차례를 기다리고 있었다. 나는 여덟 살에 봉래 초등학교에 입학하였으며 나이가 서너 살 많은 동기들도 있었다. 6.25전쟁으로 진학하지 못한 아이들이 뒤늦게 입학하였기 때문이다.

옥봉북동의 우측 돌다리(석교) 부근에는 전 진주시의회 의장 정종수(작고)씨의 양조장과 진주고 동기 김영두(작고)의 가친 김동기(전 삼성교통 대표이사)씨가 경영하는 과자공장이 있었다. 옥봉북동의 씨앗고개를 넘어가면 향교로 연결되었으며 인근에는 6.25전쟁 시 부모를 잃은 고아들이 폐품을 수집해서 생계를 유지하고 있었다.

향교 아래로 내려가면 청과시장이고 봉래초등학교 동기 이재삼, 정대기, 강철구, 유광남(작고) 등이 거주하였다. 뒤비리로 넘어가는 길목에는 복숭아 과수원이 있었으며 화장터도 있었다. 봉래 초등학교 입구에서부터 장대동 둑길까지 개천이 흘러가고 미꾸라지를 잡는 사람들도 흔하게 볼 수 있었다.

옥봉동의 골목길은 미로처럼 연결되었으며 아이들은 숨바꼭질에 심취해서 에너지를 소모하고 있었다. 초중고 시절에는 날만 새면 만날 수 있는 친구들이 많았다. 그들 중에서도 엄효인(전 삼현여중 교장), 오태식(중등교장 퇴직), 장정식, 정남영, 박길조, 이회규, 노정길(작고), 허효용, 노현상 옥광봉 등을 손꼽을 수 있다.

박길조의 아버지는 중앙시장에서 양화점을 경영하였으며 엄효인의 아버지는 양식 전문점을 경영하였다. 옥봉동 420번지에서 생활한 오태식은 수시로 우리 집을 찾아와서 돌로 만든 역기를 들어 올렸으며 그의 가친은 중앙시장에서 신발 도매상을 경영했다. 중앙시장 길목에는 허효용의 집이 있었으며 훗날 그의 누님은 대동공업사 김사옥 회장과 결혼하였다.

그러나, 중학교 시절에 옥봉북동에는 유곽이 생겨서 동네의 위상이 추락하였다. 어느 날 밤에는 만취한 군인이 나를 뒤쫓아오는 바람에 이웃집으로 숨었던 적도 있었으며 이 소식을 접한 아버지는 나와 남동생을 대안동의 피혁상으로 거처를 옮기게 하였다.

가친과 함께 생활할 때는 바로 옆집이 삼화제과 공장이며 진주고 동기인 조규복, 조태현의 집인데 3대가 함께 생활하고 있었다. 그리고 우측에는 '은하 그릇도매상'이 있었으며 맞은편은 '태화 지업사'이고 그 옆에는 '성림 건재상'이고 그집 딸이 서울의 명문대로 진학하였다.

대안동에서 가친이 경영하는 '동아 피혁상'에서 중앙시장 쪽으로 조금만 올라가면 진주고 동기 김정호의 집인데 '갑을상회'라는 간판을 걸고 주류도매상을 하였다. 김정호의 형은 진주고 선배이며 갑을상회 옆은 '영남운동구'이고 맞은편은 수예점인데 딸이 미인이어서 우리 친구들 중에 김모 씨가 주변에서 배회하고 있었다. 대안동 대로변에는 이건갑의 부친이 '극동 페인트상회'를 경영하였으며 인근에는 구자연(온천중앙성결교회 장로)의 아버지가 '럭키 금성 총판'을 경영하고 있었다.

　중앙로터리 부근에는 진주고 동기 김대화의 부모님이 가방점을 경영하고 있었다. 대안동에는 규모가 큰 보건약국이 있었으며 약사는 젠틀한 용모의 소유자로 가친이 당뇨병을 앓고 있을 때 일본에서 수입한 신약을 처방해 주었다. 가친이 처음으로 당뇨병 진단을 받은 곳은 반도병원의 조재호 원장님으로 기억한다.

　계동에는 유명한 한정식 전문점 '천황식당'이 있었으며 후원(뒤뜰)에서 복싱 도장을 개방하고 선수들을 양성하였다. '천황식당'은 진주고 출신 정길정 선배의 춘부장이 경영하였으며 복싱 이론과 실기를 직접 가르쳤다.

　금성 로터리를 지나 진주중학교 입구에는 김결남의 부모님이 문방구점을 경영하고 있었다. 진주고 정문 담벽 옆에는 서정만 선배의 장형 서정기 씨가 당수 도장을 경영하면서 후배들에게 태권도를 가르쳤다. 장대동 국보 극장 근처에는 진주고 동기 허경호와 진주중학교 동기 김창균, 진주고 한 해 후배인 한개철(육군대령 예편)의 집이 있었다.

　그때는 친구들과 함께 남강에서 수영하고 모래밭에서 씨름하는 일이 취미생활이었다. 고등학교 시절은 가친과 함께 새벽 등산을 하였는데 주로 비봉산과 촉석루 계단을 오르내리면서 체력단련을 하였다. 죽마고우

강정웅(작고)은 45세 때 부산에서 재회하고 동기간의 우정을 오랫동안 나누었지만 약 7년 전에 지병으로 별세하였다.

강정웅은 진주고 재학 중에는 거의 매일 '화랑 분식점'으로 동행해서 통국수를 먹으며 '만복당'에 들러서 찹쌀 도넛을 먹었다. 구교육청 입구의 찐빵 전문점은 단팥빵 위에 젠자이(일본어: ぜんざい)를 올려 주었는데 중독성이 있었으며 진주를 떠난 이후로는 그런 종류의 찐빵을 제조하는 빵집을 발견하지 못하였다.

금성로터리 부근의 노점에서 판매한 호떡은 흑설탕으로 제조하였으며 먹을 때도 흙설탕에 찍어서 먹었다. 고등학교 일학년 때 4.19혁명이 일어났으며 교내에서는 독수리, 마운틴, 태양 등의 클럽이 생겼으며 세력 다툼을 하였다. 간혹, 동기들이 주먹이 근질근질하면 복도나 운동장에서 싸운 적도 있었으며 승부가 나지 않았을 때는 방과 후에 비봉산이나 남강 백사장으로 장소를 옮겨서 결투하였다.

이제 강산이 여섯 번이나 바뀐 세월을 뒤돌아보니 인생은 일장춘몽이라는 것을 새삼스럽게 느끼지 않을 수 없으며 다시 한번 타임머신(time-machine)을 타고 그 시절로 돌아가고 싶은 마음이 간절해져서 글을 쓰게 되었다.

금성 체력관 단상(斷想)

서부시외버스터미널 부근의 4층에서 금성 체력관을 경영할 때 우연하게 고향 친구를 만나서 일어난 이야기다. 그날은 무더운 여름철이여서 창문을 열고 길거리를 바라보고 있었다. 시외버스 터미널이 인접하여서 사람들의 발길은 분주하며 체육관이 위치한 소방도로에서는 40대 남자 두명이 열심히 땅을 파면서 구슬땀을 흘리고 있었다.

그것은 보도블록을 보수하기 위해서 땅을 파는 것이며 그들 중에 한 명이 무척 낯익은데 자세히 보니 고향 친구였다. 그는 유복한 가정에서 태어나 학창시절을 아무 어려움 없이 보내고 사회에 진출해서는 식당을 운영하였으나 낭비벽이 심하여 폐업하였다. 그리고, 부모님이 별세하면서 물려 준 유산도 탕진하였다.

탕자(蕩子)도 재산이 있을 때는 방탕한 생활을 즐길 수 있지만 빈털터리가 되었을 때는 도와 줄 사람이 없다. 그가 결혼해서 아들 둘을 데리고 살길이 막연하여 집안 조카가 경리로 있는 건설회사에 취업해서 막노동을 하고 있었다. 땅을 파는 그를 바라보니 예전의 모습은 남아 있으나 치아도 손상되고 초라한 행색이었다.

못 본 척 해도 될 것이지만 일단 헬스장으로 데리고 가서 냉장고의 음료

그리움은 채소처럼 푸르다

수를 제공하고 샤워장에서 몸을 씻을 수 있도록 편의를 제공하였다. 대화를 나누던 중에 마침 헬스장의 목욕시설을 개선할 필요가 생겨서 그에게 상담하였는데 함께 일하는 남자가 전문가라고 말하였다.

나는 순수하게 그를 돕겠다는 취지에서 헬스장 목욕시설을 의뢰하기로 결정하고 며칠 후에는 휴관을 공지하고 샤워장 공사를 시작하였다. 그는 한 푼이라도 더 벌기 위해서 모래, 시멘트 등 자재를 직접 4층까지 등짐으로 올리고 내리는 광경을 목격하면서 애잔한 감정을 갖게 되었다.

그러나 전문가라고 소개한 사람이 옥상의 물탱크를 점검하고 배관을 연결하는 과정에서 미숙하였지만 공사를 마무리하였다. 그리고 약속한 공사비에 수고비를 추가로 지급하였으며 인근 식당으로 데려가서 식사를 대접하였다. 그날 밤은 너무 피곤하여서인지 자리에 드러눕자 말자 금방 잠이 들고 말았으며 자정이 넘은 시각에 전화벨이 울리는 줄도 모르고 꿈나라를 헤매고 있을 때 아내가 외부에서 걸려온 전화를 받고 황급하게 나를 깨우더니 전화를 바꿔 주는 것이다.

전화를 건 사람은 건물관리인이었으며 "지금 헬스장에서 물이 아래층으로 넘쳐 흘러내리고 있으니 빨리 와서 해결하세요"라고 말하였다. 아차 하고 정신이 번쩍 들어 택시를 타고 체육관에 도착해서 살펴보니 헬스장 바닥의 물이 무릎까지 잠기고 계단 아래로 쏟아지고 있었다.

홍수가 난 원인은 샤워장의 강력펌프 배관을 옥상의 물탱크 직수에 연결해서 수압을 견디지 못하여 터지는 바람에 일어난 사고였다. 나와 아내는 밤을 꼬박 새우면서 물을 퍼냈으며 이튿날 인부들을 불러서 체육관 바닥재를 교체하기 위해 고무매트와 모노륨 장판을 전부 뜯어내고 헬스기구를 옥상으로 옮기는 작업을 하였다.

그날부터 체육관은 공사로 인해 일주일간 휴관하였으며 바닥과 헬스기구를 신품으로 교체하였다. 또한 아래층 학원에서 피해를 입었으니 당연히 손해배상을 하였다. 그런 난리를 치르고서도 친구의 어려운 형편을 뻔히 알고 있었기 때문에 연락하지 않았으며 친구를 돕는다는 취지에서 부탁하였으니 나에게도 잘못이 있었다.

그럭저럭 10여 년의 세월이 지나간 뒤 필자가 서울의 송파구에서 헬스장을 경영할 때 그가 아버지 제사를 모시기 위해 서울의 장형(長兄)집에 들렀다가 나의 소식을 듣고 찾아와서 상봉하게 되었다. 그날은 수은주가 영하 15도 이상 떨어진 추운 날씨였다. 우리는 헬스장의 마룻바닥에 전기장판을 깔고 솜이불을 덮고 옛날 얘기로 꽃을 피우면서 지난날의 부실공사로 발생한 사고를 처음으로 들려주었다.

그날 밤 이후로 약 2년 이상 송파구에서 헬스장을 경영하였으나 97년도 IMF로 인해 폐업하고 부산으로 복귀하였다. 그리고 친구도 예전처럼 공사가 없는 날은 나의 사무실을 방문해서 식사도 하고 교류하였다.
그리고, 어느덧 10여 년의 세월이 지나가고 친구도 건설회사를 정년퇴직하였으며 그동안 근검절약해서 아파트를 2동 보유하고 김해시 근교에

토지를 보유하고 있다는 것을 은근히 자랑하였다. 그리고, 사람이 조금씩 변하기 시작하였다. 그는 술을 마시면 친구들에게 시비를 걸고 폭언을 일삼았다. 어느 날 체육대회 행사장에서 만났을 때는 만취 상태로 나에게 시비를 걸어서 잠시 자리를 피해야 했었다.

　그는 개구리가 올챙이 시절을 모른다고 무례한 행동을 일삼았으며 시간이 지나가면 아무 일도 없었다는 듯이 전화를 걸었다. 그의 변화에 실망을 느끼면서 나는 물렁물렁하게 처신해서는 안 되겠다고 생각하였다. 며칠 후에 그가 히죽히죽 웃으면서 나의 사무실을 방문하였다. 나는 처음으로 바쁘다는 핑계를 대면서 냉정하게 대하였다. 의리가 없는 사람은 더 이상 교류할 가치가 없다고 믿어서였다. 그것이 그와 나의 마지막 해후였다.

독거노인의 사연

박 선배는 40대부터 만난 고향 사람이고 나이는 두 살이 많으며 길거리에서 만나면 인사를 나누고 허물없이 대화를 나누는 사이다. 그는 목소리가 우렁차고 직설적이며 자신이 매년 일백만 원을 모교에 장학기금으로 십여 년 이상 기부한 이야기와 아내가 미인이라고 자랑하였으며 장녀가 독일 유학을 다녀와서 음대 교수로 재직한다는 이야기를 반복하였다.

때로는 레퍼토리가 조금 바뀌는 날에는 주말에 후배가 경영하는 단란주점을 찾아가서 양주를 몇 병 마셨다는 얘기도 빼놓지 않았다. 그의 부인은 여러 차례 만난 적이 있었는데 미인이라기보다는 복스럽게 생겼으며 얼굴에 수심이 가득하고 거의 말을 하지 않았다. 그의 말에 의하면 젊어서부터 알고 지내다 본처와 헤어지고 나서 재혼하였다는 것이다.

그러나 슬하에는 자녀가 없었으며 오래전부터 건강이 좋지 않아 병원을 찾아다니면서 치료를 받았는데 병명이 무엇이냐고 물어보면 "노환"이라고만 대답하였다. 올해 여름에 그의 아내가 별세하였다는 부음을 듣고 장례식장으로 달려갔을 때 상주의 성씨가 박 씨가 아니고 최 씨로 기재되어 있었다.

궁금한 나머지 상주들의 성씨가 다른 이유를 화장실에서 물어보았더니 새로운 사실을 털어놓았다. 본처와는 성격이 맞지 않아서 40대 초반에 남매를 낳고 이혼하였는데 상주들은 재혼한 아내의 자식들이라고 설명하였다. 그리고 전처는 이혼하고 자녀들과 함께 경기도 수원에서 생활하고 있으며 전혀 소식을 알 수 없다고 하였다.

그 이유는 전처가 자녀들에게 세뇌교육을 시켜서 자아 구조 전체를 변화시켰기 때문이라고 단정하고 있었다. 「너희 아버지가 다른 여자에게 미쳐서 바람을 피웠기 때문에 이혼한 것이다」라고 어릴 때부터 조종하였기 때문에 "아버지는 나쁜 남자다"라는 인식이 골수에 사무쳐 있었다는 것이었다.

박형의 고백을 경청한 소감은 그의 삶이 고난의 길에 접어들었다는 예감을 떨쳐 버릴 수 없었다. 그가 아내의 장례를 치른 지 3개월 만에 꾀죄죄한 몰골로 나의 근무처를 찾아와서 푸념을 늘어놓았다. 그는 낡아빠진 청바지에 땟국이 줄줄 흐르는 점퍼를 걸치고 갈색 베레모를 썼는데 심한 악취를 풍기고 있었다.

지금은 불면증으로 시달리고 있으며 새벽 4시경에 기상하면 막걸리를 한 병 마시고 TV를 시청하거나 소파에 누워서 지낸다고 고백하였다. 주식은 라면으로 끼니를 해결하고 있으며 주간에는 두문불출하고 날이 어두워지면 뒷산에 올라가서 자정까지 머물다 귀가하는 것이 일상이었다.

별다른 취미생활도 없으며 속을 터놓고 지내는 친구도 없었다. 단지 박형이 야간 등산을 하게 된 것은 "누우면 죽고 걸으면 산다"라는 속설을 믿어서인데 생명에 대한 애착이 없는 것은 아니었다. 뒷산에 올라가서 밤하늘에 반짝이는 별을 바라보고 명상에 잠기는 것을 즐긴다고 하였다.

그는 척추협착증 증세가 있지만 한 번도 병원에 가서 치료받은 적이 없으며 "인간의 신체는 자정능력이 있다"라고 주장하였다. 그리고 「자신도 언제 죽을지 모른다」라고 논리적으로 상반된 얘기를 하였으며 "지금껏 남에게 구애받지 않고 독불장군으로 살아서 오래전부터 전화 한 통 오지 않으며 간혹 070, 080 번호가 뜨지만 보이스피싱이라는 선입감 때문에 전화를 받지 않는다고 하였다.

"지난날을 뒤돌아보니 인생을 잘못 살았다고 여겨질 때도 있으며 고독하게 살기보다는 죽는 것이 더 나을지도 모른다"라고 자책하였다. 그의 독백에는 희망이 없었으며 동물처럼 먹고, 자고, 배설하는 일이 전부라는 것을 알 수 있었다.

재혼한 아내가 별세한 이후로는 귀가해서 문을 열고 들어가면 실내의 전등이 꺼져 있으며 냉기를 느낀다고 말하였다. 그의 푸념은 당연한 사실이지만 본인에게는 심각한 사실이라고 여겨졌다. 우리나라 속담에 홀아비는 이가 3말이고 과부는 깨가 3말이라는 말이 문득 떠올랐다.

그에게 한마디 조언을 하였다. "독거노인들은 목욕도 자주 하고 옷을 세탁해야 냄새가 나지 않아요."라고 말했더니 예상과는 다르게 대답하였

그리움은 채소처럼 푸르다

다. "누구에게 잘 보일 데가 있어야 목욕도 하고 옷을 갈아입는 거야... 잘 보일 상대가 없는데 씻으면 뭘 해."라고 넋이 나간 사람처럼 중얼거리고 있었다. 그는 시종 눈물과 콧물을 흘리면서 말하였다. "내가 바람을 피우지 않았더라면 처자식과 이별하지 않았을 텐데 후회스럽다. 이렇게 될 줄은 정말 꿈에도 몰랐다."라고 말하면서 그 자리에 주저앉아 일어설 줄을 몰랐다.

이제 그가 아무런 연고도 의지할 곳도 없이 독거노인으로 살아간다는 사실에 연민 지정(憐憫之情)을 느끼면서 나도 모르게 박형의 몸을 일으켜 세우고 버스정류장까지 배웅하였다.

4.

파랑새의 꿈

돼지국밥

　부산 시내 유명한 돼지국밥집은 열 개 정도 손꼽을 수 있으며 돼지국밥 한 가지로 부자가 된 사람도 있다. 필자가 헬스클럽을 경영할 때는 점심 시간에 돼지국밥을 즐겼던 시절도 있었다. 중구 부평동에서 헬스클럽을 경영할 때는 국제시장의 밀양돼지국밥, 신창 돼지국밥을 찾아가서 먹었는데 주 5일 이상을 먹기도 하였다.

　나는 돼지고기 삼겹살이 들어가는 것을 즐겨 먹었으며 해운대구 좌동에 거주하면서부터는 장산역 3번 출구에서 162m 거리에 있는 신창 돼지국밥을 찾아가서 먹는다. 보디빌딩 대회에 출전하는 선수들은 삼겹살을 먹으면 복근이 덮인다고 해서 기피하는 경향이 있다.

　헬스클럽의 남자 회원들 중에서는 돼지국밥이 정력에 좋다고 수시로 먹는 사람들도 있었다. 돼지국밥에 나오는 반찬은 부추, 새우젓, 양파, 마늘, 풋고추, 막장, 배추김치, 깍두기가 전부이다. 일부의 식당에서는 배추김치, 깍두기를 절약하기 위해서 종기에 담아서 내놓고 있으나 규모가 있는 국밥집은 뚝배기에 배추김치와 깍두기를 보관하고 있다.

　고객의 취향도 각양각색이어서 돼지국밥에 새우젓, 김치, 양파, 부추를 함께 넣어서 먹는 사람도 있지만 염도가 높기 때문에 나는 부추와 새우젓

　　　　　　　　　　　그리움은 채소처럼 푸르다

만 넣어서 먹는다. 서부터미널에서 헬스클럽을 경영할 때는 고향 후배가 밀양 돼지국밥을 상표로 등록하고 터미널 고객을 독점하였다. 밀양 돼지국밥은 여주인의 고향이 밀양이어서 붙여진 상호이다. 거기는 돼지고기 양이 많고 국물 맛이 진하여 점심시간에는 앉을 자리가 없었으며 나에게는 수육을 듬뿍 넣어 주었다.

훗날 밀양돼지국밥은 엄궁동에 건물을 신축하고 이전하였다. 서부 시외버스터미널 맞은편에는 합천 돼지국밥이 널리 알려져 있었으며 주인은 필자가 경영하는 헬스클럽 회원으로 5시에 기상하며 새벽시장에서 밑반찬거리를 구입하고 직접 양파를 썰었는데 돈을 벌기 위해서는 힘든 일을 감당해야 했다.

합천돼지국밥은 사상터미널에서 20여 년 이상 경영하였으며 20여 년 전에 하단역 근처로 이전하였는데 거기서도 문전성시를 이루었다. 현재 부산 시내 돼지국밥의 가격표는 9,000원~11,000원이며 경기도와 서울에서는 돼지국밥 전문식당을 찾기가 쉽지 않을 것이다.

마라톤의 전설

　현대그룹 계열사 기업체의 대표이사로 재직하는 중학교 동기가 2006년 7월에 대마도에서 개최하는 10km 단축마라톤 경기에 참석하였을 때 당시 88세의 노인과 함께 경주한 실화이다. 노인은 왜소한 체격으로 키가 1m 60cm이며 얼굴과 피부색이 까무잡잡하고 허리엔 탄대를 착용하였는데 오른쪽엔 물통을 끼우고 왼쪽엔 떡과 초콜릿을 지참하고 경기 중에도 물, 초콜릿, 떡을 먹어 가면서 뛰었다.

　노인은 첫인상이 아주 건강한 모습이었지만 젊은 시절에는 병명을 알 수 없는 질병에 걸려서 여러 가지 약을 복용하는 허약체질이었다. 어머니가 점치는 사람을 찾아가서 아들의 운명을 물어보았더니 절에 아들을 맡기면 살겠으나 집에서 생활하면 죽을 팔자라고 일러 주기에 집에서 멀리 떨어진 곳의 절에 아들을 행자로 보냈으며 약 5년간 스님들의 시중과 밥 짓는 일을 열심히 수행하였는데 이상하게도 그의 건강이 정상으로 회복되었다.

　노인은 20세 때 제2차 세계대전을 맞이하여 해군에 입대하였으며 여러 번의 죽을 고비를 넘겼으나 무사히 전역하였다. 그리고, 우체국에 입사하여 30년 이상 근무하였으며 정년퇴직 후에는 마라톤을 취미생활로 즐긴다고 하였다. 노인은 아내와 함께 국민연금으로 생활하고 있으며 건강 장수 비결은 무슨 일이든지 욕심을 부리지 않고 남에게 보시(普施)하는 삶을 생활 철칙으로 삼는다고 하였다.

그는 치즈를 좋아하기 때문에 매일 먹고 있으며 택시를 타면 일체 거스름돈을 받지 않는다고 하였다. 노인과 함께 경주하면서 동기가 7km까지는 역주하였으나 높은 언덕을 치고 올라가는 구간에서 그만 노인에게 밀리고 말았으며 사력을 다해 노인을 따라잡으려고 안간힘을 다했지만 역부족이었다. 노인은 여유만만하게 뒤를 힐끔힐끔 돌아보면서 뛰고 있었다.

10km 단축마라톤에는 한국에서 3백여 명이 출전하였으며 일본 국내에서만 8천여 명이 참가한 가운데 중학교 동기의 기록은 58분이고 노인의 기록은 52분이었다. 최고 기록은 일본인이 세운 32분이었다. 중학교 동기가 경기를 마치고 그 노인과 함께 온천을 하면서 눈을 감고 명상에 잠겼다.

나는 88세가 되면 저 저 노인처럼 뛸 수 있을까……

마라톤처럼 앞만 보고 달려온 자신의 인생을 뒤돌아보면서 한 가닥 시름을 떨칠 수가 없었다.

모기의 전설

어린 시절 여름에 할머니 집 마당에 쑥을 말려서 모깃불을 피우면 매캐한 연기가 회오리바람처럼 일어나고 주변에 날아다니는 모기들을 기절시키는 효과가 있었다. 그 시절에 죽지 않고 목숨을 건진 모기들이 자녀들에게 입에 침이 마르도록 당부한 말이 있었다.

「쑥과 모깃불을 경계해서 목숨을 잃지 않도록 하라」는 것이다. 그때 살았던 모기들은 이미 오래전에 죽었지만 후손들은 자자손손 번창하고 있다. 할머니 집은 금산이라는 민둥산 아래 자리 잡고 있었으며 바로 위에는 초가집 한 채 그리고 산 중턱에는 귀환동포의 양철집이 한 채 있었다.

할머니 집 남새밭이 약 30평 이상인데 배추와 상추 고추 가지 등을 가꾸어 반찬거리로 자급자족하였으며 배추는 겨울철 김장용으로 재배하였다. 모기들은 위에서 언급한 할머니 집 인근 지역을 폭넓게 장악하고 있었다. 모기들은 주야 불문하고 출몰하였으며 눈을 크게 뜨고 관찰하지 않으면 실체를 볼 수 없었다. 그들은 동작이 민첩하고 신출귀몰하여 손으로 잡을 수 있는 모기의 숫자는 많지 않았다.

모기들이 가족의 꽁무니를 따라다니면서 성가시게 굴었지만 모깃불을 피우면 어디론가 잠적하고 말았다. 그 시절, 세끼 식사는 할머니께서 가

그리움은 채소처럼 푸르다

마솥에 쌀을 넣고 밥을 지어 주셨다. 부엌의 천정에는 60w 백열전구가 댕 그렇게 매달려 있었으며 문틈으로 바람이 들어오면 전구는 흔들리고 있었다. 부엌의 가마솥 옆에는 식기를 보관하는 진열대와 찬장(반찬 보관소)이 있었으며 모서리에는 땔감으로 사용할 축축한 장작을 쌓아 두었는데 모기들은 거기서도 살림을 차리고 있었다.

주로 모기들은 습하고 음침한 장소에서 잠복하고 있었으며 사람들의 발자국 소리가 들리면 날아오른다. 그 당시 할머니 집에 모여 살던 모기의 종족으로 깔따구가 있었는데 주로 야간에 불빛을 찾아다니면서 활동하였다. 깔따구는 일반 모기에 비해 덩치가 큰 편이고 침이 없어 흡혈하지는 않아도 물린 자리에 알레르기 반응을 일으킨다.

할머니는 불교 신자여서 손자들에게 모기를 죽이는 것은 살생이라고 강조하셨다. 할머니는 살갗 위에 모기가 달라붙어도 팔을 휘저을 뿐 손바닥으로 내리쳐서 죽이는 법이 없었다. 할머니 집 장독대 위에 대나무숲이 있었는데 한여름에는 시원한 바람이 불어오는 곳이어서 돗자리를 깔고 오수를 즐길 수 있었다.

대나무숲에는 맑은 바람이 불고 건조한 탓으로 모기들이 기피하는 장소였다. 어느 해 여름에는 폭염으로 인하여 할머니가 마당으로 가마솥을 옮겨서 저녁식사로 국수를 준비하고 있었다. 그런데, 국수를 삶거나 숙주나물, 시금치, 양파, 부추를 볶을 때도 모기들은 주위를 날아다니고 있었으며 삶은 국수를 소쿠리에 담아서 시원한 그늘에 보관하고 끓인 멸치국

물을 냉수에 담그는 작업을 할 때도 어김없이 모기들은 주변을 날아다니고 있었다.

나는 미운 털이 박힌 모기들을 구애받지 않고 한 양푼의 국수를 단숨에 해치운 적이 많았다. 지난날 할머니 집의 모기들은 가족의 일원으로 동거하였다는 점을 인정하지 않을 수 없다. 여름방학 숙제물로 곤충 채집을 하기 위해서 산이나 연못 주위를 돌아다니면 모기의 습격을 받은 부위가 근질거리는 것을 참을 수 없었다.

어느 날 할머니 집에 화재가 발생하였다. 뒷집에 사는 새댁이 불씨가 살아 있는 연탄재를 할머니 집 나무기둥에 버린 것이 화근이었으며 방 세 칸 중 두 칸이 전소되었다. 할머니는 너무 놀란 나머지 불이야를 외치면서 속옷 차림으로 마당을 뛰어다니고 동네 주민들은 양동이에 물을 담아와서 뿌렸지만 화재진압에는 별로 도움이 되지 못하였다.

결국은 소방차가 출동하여 호스로 물을 뿌려서 불이 난지 두 시간 만에 화재를 진압할 수 있었다. 화재 발생 시 할머니 집 지붕에서는 어른 팔뚝 크기의 능구렁이 한 마리가 기어 나오더니 마당의 감나무를 칭칭 감고 올라가는 것을 목격하였다. 동네 어른들은 이구동성으로 지킴이가 나온 것이라고 웅성거렸다.

능구렁이는 감나무를 스르르 미끄러져 내려오더니 남새밭 쪽으로 기어가다가 담벼락의 틈새로 종적을 감추고 말았다. 그날의 화재로 인해 모기

그리움은 채소처럼 푸르다

들도 불에 타 죽었는지를 알 수 없지만 출몰하는 횟수가 눈에 띄게 줄었다. 세월은 총알처럼 날아가고 강산이 다섯 번이나 바뀌었다. 나는 부산에서 정착한 지도 사십여 년이 경과하였으며 해운대 장산을 오르내리면서 산행을 즐기고 있었다.

금년 여름에도 모기들은 장산의 숲속에서 등산객을 괴롭히는 일이 흔하였지만 나는 모기에게 물린 적이 없었다. 아마도 나의 근육이 너무 단단하여 침을 박을 수 없는 것인지 아니면 모기들의 조상이 할머니 집에서 생활하는 동안 은혜를 입었으니 후손들에게는 피를 빨지 말라고 유언을 남겼을지도 모른다.

몰운대의 밤

부산의 호텔 뷔페에서 왕년에 운동선수로 이름을 떨친 사람들이 모여서 친목회를 개최했을 때 그들은 평균적으로 다섯 접시 이상을 먹었다. 무슨 할 말이 그렇게 많은지는 몰라도 이야기는 끝이 없었다. 그들의 대화 중에 깨소금 냄새를 풍기는 재미있는 일화가 있어 지면으로 소개코자 한다.

석이는 D대학 운동부 소속으로 학교 근처의 자취방에서 생활하던 중 평소에 관심을 갖고 있었던 미모의 여학생 순이에게 생선회를 사 준다고 꼬셨다. 순이도 담력은 남학생에 못지않아 아무런 의심 없이 석이의 제안을 받아들여서 저녁나절에 다대포의 몰운대까지 시내버스를 타고 갔다.

그런데 석이가 하루 전날 몰운대 군부대 경비초소에 근무하는 친구에게 들려서 음흉한 작전을 꾸민 것을 순이는 모르고 있었다. 당일 순이를 횟집으로 데려가서 생선회를 푸짐하게 대접한 후에는 소화도 시킬 겸 산책을 하자고 제안하여 몰운대 군부대 쪽으로 이동하였다.

그때 군부대의 초병이 총부리를 겨누면서 정지!, 손들어!를 반복하는 바람에 순이는 기절초풍하여 그 자리에 털썩 주저앉고 말았다. 순이가 너무 놀란 나머지 부들부들 떨고 있을 때 석이는 용감한 척 허세를 부리면

그리움은 채소처럼 푸르다

서 「우리에게 무슨 잘못이 있느냐」라고 초병에게 항의하였다.

그래야만 순이에게 점수를 딸 수 있었기 때문이다. 초병은 일단 그들을 경계구역 침범으로 조사한다면서 두 사람을 초소 안으로 연행하였으며 현주소부터 가족사항까지 꼼꼼하게 질문하더니 자정이 넘어서야 각서를 쓰고 풀어 주었다. 그들이 풀려났을 때는 시내버스와 택시도 끊어지고 더 이상 길거리에서 밤을 새울 수 없는 상황인지라 석이가 하루 전에 예약한 여관으로 들어갔다.

여기까지는 석이의 치밀한 각본이 있었지만 순이는 전혀 모르고 있었다. 순이는 여관으로 들어가기 전까지는 불안한 마음을 감출 수 없었으나 일단은 석이를 믿을 수밖에 없었다. 석이는 여관에 들어가서부터는 더 이상 순진한 양이 아니었으며 늑대로 둔갑하여 온갖 말로 꼬시기 시작하였다.

처음에는 손만 잡아 보자!!
그 다음에는 키스만 하자!!
전기가 통하지 않도록 할 것이니 포옹만 하자!!
그래도, 순이가 무반응을 보이자 석이가 작전을 바꾸고 말았다. 그것은 자신의 요구사항이 관철되기 어렵다고 판단해서 이루어진 것이다.

「더 이상은 참을 수 없다. 지금부터는 무력을 사용한다」라고 엄포를 놓았다. 순이는 고함을 지르면서 필사적으로 저항하였지만 무위로 끝나고 말았다. 그런데, 이튿날 아침에 석이는 순이의 손을 잡고 여관을 빠져나오면서 허탈한 심정을 가누지 못하였다. 그것은 끝없는 후회였다. 왜, 그런 일이 생긴 것인지를 밝히자면~

어젯밤 순이가 정조를 허락하기 전에 결혼을 전제로 각서를 쓰게 하였다. 석이는 조금도 머뭇거리지 않고 각서에 서명하였다. 그 이유는 너무 급한 나머지 본능이 앞서서 그랬다고 실토하였다. 넉넉한 심정으로 이해가 되는 부분이다. 각서의 내용은 「만약 이 시간 이후로 각서를 이행하지 않을 때는 어떤 법적인 처벌도 감수하겠다」는 것이었다.

흔히 남자들은 '사랑한다'는 말과 '결혼하자'는 말을 앞세우지만 불이행 시는 혼인빙자 간음죄를 범하는 것이다. 한 번 엎질러진 물은 주워 담을 수 없었다. 각서대로 이행하는 것이 사나이 대장부다. 일 년이 경과한 후에 두 사람은 목화예식장에서 성대한 결혼식을 올렸으며 딸만 다섯을 낳고 행복하게 잘 살고 있다.

그러나 석이는 지난 이야기를 들려주면서 주위 사람들에게 동정을 받으려는 눈치였다. 「아아 그날 밤이 나의 운명을 결정할 줄이야 누가 알았을까」라고 허탈하게 웃으면서 뷔페의 분위기를 압도하였다. 그 자리에 동석한 일부의 사람들도 연민의 정을 느끼고 있었다.

그리움은 채소처럼 푸르다

문탠로드

일요일 오후는 특별한 일이 없는 한 아내와 함께 문탠로드를 산책하는 날이다. 문탠로드를 찾아가는 발걸음이 잦은 것은 바다 풍경을 감상하는 매력에 빠진 것일지도 모른다. 동시에 젊은 시절의 푸른 기상을 소환하고 싶어서이다. 오랜 시간 장롱 속에서 잠자고 있던 청바지를 꺼내서 착용하였다.

상의는 가을 분위기에 맞추려고 붉은색 점퍼를 걸치고 검은색 골프모자를 썼다. 아파트의 후문을 빠져나가는 길은 습관처럼 정해져 있다. 문탠로드를 찾아가는 여러 갈래의 길이 있지만 대로를 선택해서 걸어가고 있다. NC백화점 입구에서 건너가는 횡단보도는 평소에 헬스클럽을 출입할 때 주로 이용하고 있다. 인도를 걸어가면서 눈길을 끌고 있는 지점이 있다.

거기는 한의원의 시계탑이다. 지금쯤 나는 어디쯤 가고 있는지를 알 수 있다. 소망교회 정문과 오산교회 후문을 통과하면 가까운 거리에 문탠로드의 출입구가 보인다. 우리 집에서 문탠로드 입구까지 소요되는 시간은 속보로 약 20여 분이 소요된다.

오늘은 가을 나들이를 하는 남녀노소의 모습이 물결을 이루고 있다. 아들을 목말 태우고 걸어가는 남자를 바라보면서 지난날을 회상하였다. 나도 35세 때 아내와 딸 셋을 데리고 용인 에버랜드를 찾아가서 구경한 적이 있었다. 그 시절에는 에버랜드를 용인 자연농원이라고 불렀다. 문탠로드를 산책하는 사람들 중에는 중국 관광객도 있으며 외부에서 찾아오는 타 지역의 사람들도 흔히 볼 수 있다.

나이가 든 사람들도 있지만 젊은 사람들이 더 많이 찾아오는 곳이 문탠로드이다. 바로 앞에서 걸어가는 20대 여성의 흰색 주름치마가 너무 짧아서 자칫 엉덩이 위로 올라가면 속이 비칠까 봐 불안해진다. 때로는 젊은 여성이 레깅스 트레이닝복을 입고 양팔을 자연스럽게 좌우로 흔들면서 씩씩하게 걸어간다.

청춘 남녀가 손을 잡고 뛰어가는 모습을 바라보면 지난날이 오버랩 된다. 문탠로드는 산과 바다가 어우러진 천혜의 절경이다. 나의 발걸음은 봄바람에 취해 적당하게 속도를 조절하면서 걸어가고 있다. 청사포를 바라보면서 걸어가면 머리도 개운하고 눈도 맑아지는 것을 느낄 수 있다.

문탠로드는 전봇대가 없으니 머리를 부딪칠 염려도 없는 것은 당연하다. 머리 위로 지나가는 스카이 캡슐과 해안 열차는 미포 정거장에서 송정까지 이동하며 한 폭의 그림처럼 보인다. 해안 열차는 편도 7천 원 왕복표로 1만 원 정도이며 스카이 캡슐은 편도 2인 기준 3만 원 정도로 끊을 수 있다.

그리움은 채소처럼 푸르다

문탠로드의 상가는 낡은 건물을 허물고 신설된 카페와 식당이 들어서고 있다. 송정해수욕장의 명물인 윈드서핑은 전국에서도 알아주는 명소이다. 가을이 깊어 가고 있다. 문탠이란? "선탠(Suntan)"에서 착안된 신조어로 '달빛을 받으며 걷기 좋은 길'이라는 의미를 담고 있다. 휴일의 오후를 아내와 함께 문탠로드를 산책한 것을 기쁘게 생각하면서 갈음한다.

문학과 술에 얽힌 이야기

문학과 술에 얽힌 이야기를 글로 올리게 되었다. 나는 어떤 사명으로 지구에 태어났으며 어떻게 살았는지를 자신에게 물어보는 시간이라고 생각한다. 필자의 외모가 중국 당나라의 시인 이백과 두보를 닮았다고 믿는 사람은 단 한 명도 없을 것이다. 문학을 하게 된 동기는 내고향 진주의 지역적인 특성이 글을 쓰고 싶은 조건을 갖추었다고 생각한다.

어린시절에는 야트막한 금산 아래 조부모님 집에서 생활하였으며 정상의 바위에 걸터앉아서 야호를 외치는 일이 많았다. 그리고 남강의 모래밭에서 친구들과 뒹굴면서 힘겨루기도 하였다. 아버지와 함께 생활하면서부터 진취적인 기상을 본받게 되었으며 용기가 무엇인지를 배웠다.

또한, 가친의 훈계로 인해 금주와 금연을 실천하였으며 국립경상대학교를 졸업하고 학군장교로 임관한 후에는 최전방 백암산에서 자연을 벗삼아 문학 서적을 탐독하였으며 야간에는 글 쓰는 재미에 빠져 있었다. 동서고금의 기라성 같은 작가들 중에는 두주불사의 용맹을 가진 분들이 많았다.

이백은 술에 취한 상태에서 채석강에 비친 달을 잡으려고 물속으로 뛰어들어 죽었다는 이야기가 남겨질 정도로 술을 좋아했다. 후세에 알려진

그리움은 채소처럼 푸르다

것과는 달리 이백보다는 두보가 훨씬 더 술꾼이었다. 시 속에 나타난 것만 보아도 1,050여 수의 이백의 시 중에서 16%가 술을 언급한 것에 비해 두보는 1,400여 수의 시 중에서 21%가 술을 언급하였다.

술을 마시는 방법도 달랐는데 이백은 술을 즐기면서 마셨지만 두보는 술에 원수진 사람처럼 마셨다고 한다. 일단 술을 마시면 완전히 취할 때까지 2차, 3차를 가고 말에서 떨어져 다쳤을 때도 병문안 온 친구와 술을 마셨다고 한다. 말년에 당뇨와 폐병으로 고생할 때도 '흰머리 몇 개 났다고 술을 버릴 수야 없지 않는가'라고 노래한 두보는 59세에 힘든 방랑 생활을 끝내고 죽음을 맞이했다.

하여간 탁월한 시인과 작가의 정서는 보통사람과는 차이가 나는 것이다. 나는 글을 쓰면서도 술과 거리가 멀었기에 두주불사의 시인이 될 수는 없었다. 한 가지 의문점이 남는 것은 필자의 가친 양유식 장사는 말술을 마셨는데도 취중에 시를 읊은 적이 없었으며 작가의 수준에서는 일찌감치 벗어난 분이었다.

인간의 자화상은 천차만별이겠지만 나는 술을 마시지 않고 여태껏 글을 써왔다는 것을 고백한다. 그러나 동서고금에 알려진 작가들이 모두 술의 힘을 빌려서 글을 쓰지는 않았으니 다행스럽게 여긴다. 그리고 맨정신으로 글을 쓰는 사람이 더 좋은 글을 쓸 수 있다고 믿는다.

밤하늘의 별이 된 스님

　무호 스님은 고등학교 동기로서 학교생활에서는 가깝게 지내지를 않았다. 그의 아버지는 진주시에서 널리 알려진 유명한 한의사로 침술에 능해서 환자들이 문전성시를 이루었다. 무호는 작은 체구지만 강단이 있으며 목소리가 우렁차고 담력이 강하여서 덩치가 큰 동기들에게도 군림한 배경에는 가친이 주는 용돈으로 빵집을 드나들면서 인심을 베풀었던 영향이 컸었다.

　그가 고교를 졸업하고 서울에서 생활한다는 소식을 들은 적이 있었다. 필자도 96년도에 서울의 송파구 삼전동에서 헬스클럽을 경영하였으며 IMF로 인해 98년도에 폐업하고 충무로에서 인쇄업을 하는 동기의 사무실을 방문했을 때 무호스님을 조우하였다. 그는 평상복 차림으로 딸의 혼사를 치르는 청첩장을 돌리고 있었다.

　그런 일이 있은 지 약 2주 후에 무호의 딸이 결혼하는 예식장을 찾아가서 축하의 인사를 하였다. 그리고 얼마 후에는 서울의 불안정한 생활을 청산하고 부산으로 내려오게 되었다. 어느 날 고교 동기로부터 무호가 부산의 전포동에서 선원을 개설했다는 소식을 접하게 되었으며 며칠 후에는 무호의 전화를 받고 거처를 찾아가서 상봉하였다.

그는 전포동 부산은행 뒤편에서 50여 평의 주택을 임대해서 "무호 선원"이라는 간판을 걸고 부황을 뜨거나 침 치료를 하는데 환자들이 문전성시를 이루고 있었다. 얼마 동안 시간이 흘러가자 무호는 사십구재를 올린다면서 법당으로 들어갔으며 나는 툇마루에 앉아서 대기하고 있었다. 그 이유는 기독교 신자이기 때문에 부정을 탄다는 것이었다.

그의 청아한 독경 소리가 법당 안을 진동하였으며 향냄새가 코 끝으로 스며들었다. 그날 무호가 만나자고 연락한 이유는 지난날에 딸 결혼식에 참석한 일을 감사하는 뜻에서 일과를 마치고 저녁식사를 대접하였다.

그날 이후에는 서울에서 내려온 거사로 호칭하는 고교동기와 부산에서 생활하는 친구를 무호선원에서 조우하게 되었다. 특히 거사는 고대 철학과를 졸업하고 불교신문 기자를 역임하였으며 무호와 절친한 관계였다. 우리는 무호의 방에서 대기하는 동안 심부름하는 보살이 가져온 오미자, 쌍화차를 연속으로 마시면서 대화를 나누었다.

무호의 일과가 끝난 이후에는 60대 기사가 승용차를 선원 입구에 주차시켰다. 과거에 승용차의 차주가 간암으로 사경을 헤매고 있을 때 무호가 조제한 약초를 복용하고 건강을 회복하였기 때문에 보답의 차원에서 자원봉사를 한다는 것이다.

우리들은 승용차를 타고 영도의 청학동에 위치한 오리고깃집으로 갔으며 2층의 특실에 앉아서 식사하였다. 오리고기는 코스요리로 나오고 주인이 정성을 다해서 VIP손님으로 대우하였다.

　귀가할 때는 무호가 주인을 불러서 2인분을 포장하여 친구들에게 전하였다. 무호를 만난 지 약 한 달 정도 경과한 이후에 사직동의 한정식 전문점에서 동기회를 개최하였을 때 무호를 초청하였다. 무호는 부산의 동기들과 40여 년 만에 처음으로 상봉하는 자리였다.

　그리고 약 일 년 이상 경과하였을 때 갑자기 무호 스님이 위천공으로 동의의료원에 입원하였다는 소식을 접하게 되었다. 나는 황급히 중환자실을 찾아갔지만 병세가 위중하여 당일 밤에 별세하였다. 그는 2012년에 스님으로서 맡은 바 책임과 의무를 완수하지 못하고 밤하늘의 별이 되고 말았으니 못다 이룬 인생의 여한을 남겼을지도 모른다.

백곰 이야기

오늘 소개하는 남자의 이야기는 인간이 태어나서 죽을 때까지 질곡의 삶을 어떻게 헤쳐 나갈 것인가를 고뇌하면서도 통쾌하게 헤쳐 나가는 모습을 보여 주고 있다. 그의 별명은 백곰이며 그렇게 불리게 된 것은 성이 백씨이며 생김새가 곰처럼 보인다는 뜻이다.

백곰의 고향은 경남 사천이며 학창 시절부터 운동을 열심히 하였으나 유달리 배 둘레가 일본 스모선수에 버금가는 것이어서 어린아이들이 그를 구경하려고 뒤를 따라다녔다. 백곰은 여든의 나이지만 헬스클럽에서 매일 3시간 이상 웨이트를 하고 있다.

그의 신체 사이즈는 팔 둘레 50cm, 허벅지 68cm, 가슴둘레 125cm, 배 둘레 42인치, 몸무게 101kg의 거구다. 그가 시골 태생이지만 농사는 적성에 맞지 않아서 건달들과 어울려 다니면서 힘자랑도 하였으나 직업이 안정된 후에는 개과천선(改過遷善)하였다.

백곰이 군에서 복무한 지역은 속초이며 5년 동안 HID에서 근무하였다. 그는 쇠고기 특식이 나오는 날엔 새벽 2시에 취사장으로 달려가서 갓 삶은 수육을 먹었기에 경계대상이 되었다. 하지만 HID에 근무하는 동안은 피교육자에게 무성 무기로 적군을 압살하는 과목을 가르치는 교관으로 활동하였다.

한 번은 휴가 중에 용산역에서 조폭들과 시비가 붙어 격투를 벌였을 때 두목이 그가 평범한 군인이 아닌 것을 직감하고 화해하였으며 친구가 된 일도 있었다. 전역 후에는 진주에서 차력사로 널리 알려진 건달들과 전국을 유랑하면서 약장수를 하였다.

그들은 공중부양을 보여준다는 방송을 하고 많은 구경꾼이 모여들면 끝내 공중부양은 보여 주지 않고 빈 맥주병의 꼭지를 수도로 격파하는 시연을 하였다. 그것은. 여러 개의 무명실을 석유에 담가서 병목에 감아 불을 지르고 찬물에 냉각시키면 차력사의 손에서 한방에 날아가는 것이었다.

어느 날 전라도 목포에서 팔뚝에 철사를 꿰어서 물이 가득 찬 양동이를 들어 올리는 공연이 끝나고 맥주병을 막 깨트리는 순서로 넘어가려는데 그 지역을 장악하는 조폭들이 진짜 맥주병을 가져와서 깨어 보라고 제안하는 바람에 차력사의 허세는 백일하에 드러나고 말았다.

그날 이후로는 일정한 직업도 없이 방황하였으며 어느 날 갑자기 깨달은 바가 있어 그동안 함께하였던 차력사들과 회식을 마친 후 통일호에 몸을 싣고 무작정 상경하였다. 백곰이 새벽에 도착한 곳은 용산역이었으며 군대 생활 중 알게 된 조폭 두목을 찾아가서 잠잘 곳을 부탁하였더니 농협공판장 옥상의 이발관으로 안내하였으며 당분간은 거기서 지내도록 편의를 제공하였다.

당시 이발관 주인은 부친상을 당해서 고향으로 내려간 것인데 백곰이 무단점유하였다. 며칠 후에 이발관 주인이 복귀해서 문을 열었더니 실오라기 한 가닥 걸치지 않은 남자가 코를 드렁드렁 골면서 잠을 자는 현장을 발견하고 기절초풍을 하였으며 두 번 다시 나타나지 않았다.

그리고 이튿날 오후에 용산역 조폭들과 함께 농협공판장 대표를 찾아가서 이발관을 6개월만 사용하겠다는 허락을 득하였다. 백곰은 그날부터 조폭들과 함께 용산 농협공판장 밑 복개천(현 전자상가)을 화물주차장으로 불법 운영하면서 전국 각처에서 들어오는 화물차를 상대로 대당 200원의 사용료를 받았으며 월 200만 원 이상의 수입을 올리게 되었다.

그렇게 번 돈을 21명의 조폭들과 1인당 10만 원씩 분배하였으며 자투리 돈은 유사시를 대비해서 은행에 적립하였다. 백곰이 조폭들과 생활하면서 6개월 동안 번 돈으로 원효로 3가 신창동에 한옥을 480만 원에 구입하여 이사를 가게 되었다.

그러나, 조폭들과 위험한 사업을 하는 동안 경찰의 지속적인 단속과 법망을 피하지 못하고 수사를 받게 되었다. 그는 신변에 위협을 느끼고 1976년도에 신창동의 집을 팔고 부산으로 내려오게 되었으며 과거의 건달 생활을 완전히 청산하고 연산로터리 인근 공터를 임대해서 화물주차장을 18년간 운영해서 기반을 잡았다.

그러나 주 거래처인 동국제강이 포항으로 이주하는 바람에 더 이상 사업을 지속하지 못하고 폐업하였으며 고향인 사천으로 귀향해서 농장을 구입하고 벚꽃을 재배하는 일로 소일하고 있다. 이제 그의 나이가 81세가 되었으며 지난날을 회고하는 뜻에서 필자와 인터뷰한 내용을 올리게 되었다.

　　　　　　　　　　　　　　그리움은 채소처럼 푸르다

산불감시원

평소에 자주 만나는 후배가 궁여지책으로 여기저기 돌아다니면서 취업하려고 애를 썼지만 번번이 실패하였다. 후배의 나이는 67세인데 쉽게 취업할 수 있는 나이가 아니어서 백방으로 취업 자리를 탐색하고 있었다.

어느 날 구청에서 발간하는 신문을 보고「산불감시원」을 모집한다는 기사를 읽는 즉시 구청으로 달려가서 원서를 제출하고 정해진 날짜에 시험을 치르게 되었다. 정원 30명 모집에 자그마치 300여 명이 지원하였다.

1차는 서류 및 면접을 통과한 사람들 90명을 선발하였으며 2차는 산악훈련인데 정해진 시간에 결승점에 들어오는 72명을 선발하였다. 70대 이상 고령자는 대부분 탈락하였으며 후배가 학창시절에 마라톤 선수로 활동한 경력이 있었기 때문에 2등으로 골인하였다.

마지막 관문은 추첨으로 30명을 선정해서 합격자를 선정하였으며 후배는 6개월 동안 '산불감시원'으로 근무하게 되었다. 그가 휴일에 나를 찾아와서 지난날의 상황을 설명하였다. "속담에도 궁하면 통한다는 말이 있습니다. 제가 포기하지 않고 용감하게 도전하였습니다"라고 의기양양하게 말하였다.

그리움은 내 머리를 점령한다

삼전동의 추억

2002년 늦가을에 헬스기구를 제작하기 위해서 경기도 일산까지 용달차를 타고 간 적이 있었다. 용달차를 운전하는 직원은 신학대학에서 목사 과정을 전공하는 25세의 청년이며 체격이 당당하고 나이에 비해서 과묵하고 신중하였다. 내비게이션(navigation)을 켜고 운행하는 도중에 언뜻 지난날 서울의 삼전동에서 헬스장을 경영한 기억을 떠올리게 되었다.

일산으로 가는 길에 삼전동을 찾아가서 현장을 돌아보고 싶은 충동을 느끼고 운전하는 기사에게 물어보았다. "혹시 버킷리스트(bucket list)라는 말을 들어본 적이 있는지?" 그가 잠시 머뭇거리면서 답변하였다. "버킷리스트는 죽기 전에 해 보고 싶은 일들을 적은 목록이 아닌가요"라고 반문하면서 의심스러운 듯 내 얼굴을 빤히 쳐다보았다.

"그래서 말인데 몇 해 전에 서울에서 헬스클럽을 경영했던 곳을 방문해서 하룻밤 자고 가자." 그가 밝은 미소를 띠면서 "추억은 아름다운 것이지요. 사장님, 시키는 대로 하겠습니다"라고 내비를 변경하였다. 서울에 도착해서 삼전동의 현대아파트 부근에 모텔을 예약하고 동네를 한 바퀴 돌아다녔다. 맨 처음 방문한 곳은 슈퍼인데 옛날 주인은 바뀌고 낯선 여인이 매장의 손님을 맞이하고 있었다.

그리움은 채소처럼 푸르다

거기서 음료수를 구입하고 밖으로 나온 뒤 낯익은 길거리를 배회하였으며 저녁식사를 하기 위해서 지난날에 단골로 다녔던 식당으로 들어갔다. 여주인이 반갑게 맞이해서 인사를 나누고 몇몇 지인들의 안부를 물어보았다. "그때 삼전동에서 장사하던 분들이 지금도 잘 계시나요?"

"관장님 계실 때 IMF가 와서 대부분 현재의 위치에서 떠났습니다"라고 말하면서 아쉽다는 표정을 지었다. 우리는 식사를 마치고 예전에 헬스클럽을 경영하였던 건물을 찾아가서 살펴보니 철문은 굳게 닫혀 있었다. 또한, 일층에서 해물탕 집을 경영하던 자매가 떠올라서 살펴보았지만 메뉴도 바뀌고 옛 주인의 얼굴을 볼 수 없었다.

맞은편 목욕탕을 찾아갔지만 거기도 업주는 바뀌었다. 사거리 입구에 살았던 동년배의 남자를 찾아갔으나 주택이 팔렸으며 어디로 이사했는지 모른다고 하였다. 우연하게도 홍대 앞에서 대학생들을 상대로 의류 판매업을 하였던 여성 회원을 길거리에서 만났는데 곧 재혼한다는 소식을 들려주었다.

그녀는 오십 대이고 전 남편과 성격차로 이혼하였으며 재혼할 배우자가 부산의 남포동에서 카페를 경영한다고 말하였다.

'관장님, 이제 장사도 힘들고 부산으로 이사 가면 카페로 놀러 오세요'라고 미리부터 손님 유치에 열을 올린다. 더 이상 동네를 훑고 다닌다는 것은 에너지를 소비할 뿐이어서 예약한 모텔로 직행하였다.

지난날 가깝게 지냈던 회원들의 얼굴이 주마등처럼 지나가고 있었지만 그들과의 인연을 현실적으로 재현할 수 없으며 한낱 추억에 불과하였다. 96년 12월 삼전동에서 시작한 헬스클럽은 70여 평이고 헬스와 에어로빅 센터를 동시에 운영하였다. 내부는 사무실, 화장실, 샤워장과 실내 사우나를 갖추고 있었다.

원래는 전임자가 에어로빅 센터를 다년간 경영하였지만 적자를 면치 못하자 나에게 헬스장을 신설하는 조건으로 위탁경영을 의뢰하였다. 구청을 찾아가서 헬스클럽을 추가로 신고하였으며 사업자의 명의를 변경하기 위해서 담당 부서를 찾아갔을 때 고교 동기가 편의제공을 하였다.

며칠 후에 헬스장을 개관하였을 때는 서울에서 생활하는 동기들이 찾아와서 격려하였으며 가구점을 운영하는 친구는 탁자와 쇼파를 선물하였다. 역삼동 충현교회에서 집사로 활동하는 친구는 밤에 제사를 지내고 제사 음식을 승용차로 싣고 와서 야식을 제공하였다. 중고교 시절에 인연을 맺었던 친구들이 방문해서 하룻밤을 꼬박 지새우고 객지의 외로움을 달래준 적도 있었다.

영업이 종료된 야간에는 삼전동의 아파트 단지와 빌라를 돌아다니면서 전단지를 돌리고 휴일에도 식당, 이발관, 미장원, 편의점, 슈퍼마켓, PC방, 노래연습장, 당구장, 탁구장 등을 방문해서 전단지를 돌린 보람이 있어 회원이 점차적으로 증가하였다.

그리움은 채소처럼 푸르다

회원 중에는 밤마다 친구들과 어울려서 술을 마시러 다니는 사업가도 있었으며 주류도매상을 경영하는 여성은 당뇨를 치료하는 데는 헬스가 최고라고 극찬하면서 홍보하였다. 기억에 남는 사건을 소개하자면 1994년 10월 21일 서울시 성동구 성수동과 강남구 압구정동을 잇는 성수대교의 중간 교량이 붕괴되면서 49명의 사상자(32명이 사망하고 17명이 부상)가 발생했을 때 구사일생으로 위기를 모면한 40대 남자가 회원인데 그는 자신의 일화를 무용담처럼 들려주고 자랑하였다.

　헬스클럽의 일과는 아침 6시부터 밤 11시까지이고 저녁 6시 이후는 에어로빅 수업을 하였으며 반짝이는 조명불빛 아래 춤추는 여성들의 몸짓을 바라보는 남성 회원들의 눈빛은 초점을 잃고 있었다. 일층은 40대 초반의 자매가 해물탕 전문 식당을 경영하였으며 맛집으로 알려져서 식사 시간에는 앉을 자리가 없을 만큼 붐비고 있었다.

　장사가 잘되는 비결은 신선한 해물을 산지 직송한다는 점도 있었지만 자매의 친절하고 넉넉한 인심이 한몫을 하였다. 헬스장 영업이 종료되는 밤 11시 이후에는 간단하게 정리 정돈을 마치고 자정이 넘어서 마룻바닥에 매트를 깔고 솜 이불을 덮고 잠을 잤다. 열악한 환경을 감당하면서 마음속으로 주절주절 읊었던 말이 떠오른다.

　'나는 할 수 있다, 극복하자'를 다짐하고 자신에게 최면을 걸면서 생활하였지만 지하에서 생활하는 것이 권태를 유발할 때는 짬짬이 지상으로 올라가서 바깥바람을 쐬고 기분전환을 하였다. 지하의 열악한 환경을 개선하기 위해서 수시로 청소하고 아침에는 30분 일찍 기상하여 동네를 산책하면서 맑은 공기를 마시는 것을 생활화하였다.

그 시절의 헬스클럽은 오늘날처럼 엘리베이터가 흔치 않았으며 제습기도 없었고 최신식 시설이 드물었다. 심지어는 인근에서 헬스클럽을 경영하던 60대 관장이 폐결핵으로 사망하는 일도 있었다. 그러나 나는 열악한 환경에 적응하기 위해서 운동하는 시간을 늘리고 긍정적인 자세로 임하였다.

주일에는 역삼동 충현교회를 찾아가서 친구들과 함께 예배를 보았으며 점심시간에 제공하는 국수를 먹고 나서 헬스장으로 복귀하였다. 96년도 충현교회의 교우는 2만 명이라고 들었으며 김영삼 대통령이 다니던 교회였다. 충현교회에서 인상깊었던 일을 소개하자면 구내식당에서 제공하는 국수가 먼저 떠오른다.

식당에는 멸치육수를 저장한 대형 탱크가 여러 대 있었으며 꼭지를 열면 육수가 콸콸 쏟아져 나왔다. 시중에서 판매하는 잔치국수와 비교할 수 없을 정도로 맛이 좋아서 곱빼기로 먹었다. 삼전동에서 두 해를 넘기면서부터 처음의 각오가 빛이 바래는 일이 일어났다.

97년도에 IMF가 오고 그 여파로 경기가 불안정하여 회원 수가 나날이 감소하였기 때문에 적자운영을 면치 못하였다. 자신과의 약속은 조금씩 흔들리고 있었다. 자신과의 대화를 많이 나누었던 시절이며 현재와 미래에 대한 불안을 감출 수 없었지만 세월은 총알처럼 날아가고 그날의 고난과 역경은 잠시 지나가고 말았다.

나는 96년 10월부터 송파구 삼전동에서 KASFA 헬스클럽을 개관한지 두 해 만인 98년 10월에 폐업하고 부산으로 복귀하였다. 금의환향의 꿈은 무산되었지만 삼전동에서 생활하는 동안 인내심을 배양하였으며 필자의 이름 석 자를 회원들의 머릿속에 일시적으로 저장하였다. 물론 세월이 흘러가면 까마득하게 잊어버릴 것이다.

삼전동을 떠나기 전 마지막 밤을 불면으로 보내면서 그리스의 유명한 미키스 데오도라키스(Mikis Theodorakis)가 작곡한 "카테리니행 기차는 8시에 떠나네"라는 노래를 떠올리면서 허전한 심정을 자작시로 위로하였다.

자작시 / "오늘밤이 지나면 떠나야 한다네"

오늘밤이 지나면
아침 일곱 시 기차를 타고 떠나야 한다네.
우울함도 아쉬움도 떠나는 자의 몫이라네.
아침 일곱 시 기차를 타고 떠나야 한다네.

텅 빈 공간을 바라보면서 미련을 남기지 말아야 한다네.
불면의 밤을 지키기 위해 새벽을 기다리는 남자는

아침 일곱 시 기차를 타고 떠나야 한다네.
잠시 피로한 몸을 때묻은 소파에 눕히려고 하네.

오늘 밤이 지나면 다가오는 날들도 참아야 한다네.
작은 일에도 몸을 아끼지 않았으며 큰일에도 노력하였지만
떠날 때는 굳세게 떠나야 한다네.
날마다 웃으면서 인사를 주고받았던 해물탕 집 주인에게도
좋은 일이 많아지길 기도한다네.

날이 새면 익숙한 사람들의 표정도 눈빛으로부터 멀어지겠지.
아침 일곱 시 기차를 타고 떠나야 한다네.
정을 주고 정을 받았던 사람들을 마음속으로 헤아리면서
오늘밤이 지나면 떠나야 한다네.

그리움은 채소처럼 푸르다

아브라카다브라(Abracadabra)

오래전부터 지금까지 어려운 일에 부딪히면 Abracadabra를 외치면서 참고 인내하였기 때문에 지금까지 수명을 연장하고 하늘이 내린 열매를 먹을 수 있다고 믿는다. Abracadabra의 어원은 히브리어 또는 아랍어로 아브라 카다브라(avrah kadavra)라고 읽으며 직역하면 '말한 대로 이루어진다'를 의미한다는 것이다. 오늘은 아브라 카다브라(avrah kadavra)의 어원을 머리속에 되새기면서 기도하였던 날을 회고하는 글이다.

사노라면 봄날의 꽃처럼 활짝 피어나는 시절을 맞이할 수 있고 구름 속에 가려진 달빛의 그림자같이 그늘에 숨을 수도 있다. 그날은 어디쯤 걸어가고 있을까를 생각하면서 구름 위에서 바라보았다. 그리고 대지의 목마름을 적셔 주는 비를 몸으로 맞고 있었다.

돌이켜보면 52세 때 서울로 상경해서 헬스클럽을 운영하는 동안 아침 6시부터 자정까지 쉴 새 없이 관리하였다. 어두컴컴한 지하에서 전등불을 켠 채로 생활하였으며 폐점시간에는 소등과 동시에 세상의 밤을 혼자서 사랑하던 시절이었다. 그러나 2년이 경과한 후 그곳을 떠날 때는 새로운 용기와 희망을 얻게 되었다.

그리고 운명이 무엇이며 인연이 무엇인지를 이해할 수 있게 되었다. 인간은 자신도 모르게 조금씩 변모하거나 어느 날 갑자기 넘어질 수 있다. 그럴지라도 고난에 무릎을 꿇지 않고 저항하는 것이 자신에게 주어진 본분이며 책임이라고 믿었다. 나는 음지에서 양지를 지향하기 위해서 자신과의 투쟁을 시작하였다.

시인과 작가는 자신의 이야기를 끊임없이 전하기 위해서 글을 쓰는 것처럼 나도 작가의 삶을 동경하고 있었다. 의타적인 사람들은 고난을 당했을 때 이웃의 도움을 기대하였지만 이루지 못했을 때는 마음의 상처가 깊어질 수 있다. 나는 현재를 사랑하고 미래로 나아가기 위해서 무한한 에너지를 불태운 것을 인정하고 있다. 나는 한자리에 머물지 않고 무에서 유를 만들기 위해서 노력하였다.

또한 자신을 사랑하고 위로하면서 내일은 더 좋아질 것을 믿고 있었다. 실패를 경험한 이후에는 여명의 어둠을 지켜보면서 부지런하게 생활하는 습관을 지니고 있었다. 과거는 다시 되돌릴 수 없기 때문에 과거에 얽매이지 않고 중대한 과오가 무엇인지를 반성하고 있었다. 인생은 준비가 안 된 상태에서는 최선을 다하였을지라도 실패할 수 있다는 사실을 깨달았다.

나의 마음을 스쳐간 사람들이 추억의 밧줄로 옭아 맨다는 사실을 알게 되었다. 다시 한 번 침체된 삶에서 벗어나는 방안을 고뇌하였다. 누구나 존재하는 동안은 행복하거나 불행하고 때로는 흔들리면서 추락하는 것이다. 우울한 시간에는 조용한 오솔길을 선택해서 걸어가고 싶었다.

「괜찮아 반드시 좋은 일이 일어날 것이야」라고 긍정적으로 말하면서 상처로 얼룩진 과거를 치료할 수 있었다. 「이제 모든 것은 끝났다」라고 부정적으로 말하는 사람들은 오랫동안 방황할 것이다. 자신감을 상실한 사람들은 길을 못찾고 과거의 환상에 사로잡혀 있을지도 모른다.

항상 마음 속으로 '좋은 일이 있을 거야' 라고 최면을 거는 사람은 인생의 고난과 시련을 즐길 수도 있다. 심신이 허약한 사람은 「이것이 내 인생의 전부일까」라고 의심할지도 모른다. 정답은 하늘이 무너져도 솟아날 구멍이 있다.

인생은 말하고 생각한 대로 이루어진다. "아브라 카다브라"를 외칠 때 머릿속에서 번쩍거리는 구원의 목소리를 들을 수 있다. 인간의 미래는 마음 먹기에 따라서 결정되는 것이기 때문에 끝까지 달려가는 습관을 길러야 운명을 개척할 수 있다.

소장수 선생님

소장수 선생이라는 별명을 지닌 김창수를 교직에서 만난 것은 인연이라고 생각한다. 그는 동년배의 교사로 젊었을 때 고생을 많이 해서인지는 몰라도 40대 초반의 나이로는 좀 겉늙어 보였다. 경북 안동이 고향이며 어릴 때는 가난하였기 때문에 차남인 창수가 중학교를 졸업하고 서너 살 위인 장형을 따라다니면서 소장수를 하였다.

그는 김천 우시장, 진주 우시장 마장동 우시장 등 전국을 떠돌아다니면서 거래하였으며 서울 마장동 일대에서 힘깨나 쓰는 건달들과 어울렸다는 것을 자랑하였다. 스무 살 때 해병으로 입대하여 병역을 마쳤으며 전역한 후에도 일 년 이상 장형을 따라다녔지만 장래를 위해 소장수를 중단하고 중학교 소사로 취직하여 주경야독으로 고등학교 검정고시를 패스하고 대구의 K대학교로 진학하였다.

창수는 대학에서 교육과정을 이수하고 졸업 후에는 임용고시에 합격해서 경북의 중등학교에서 근무하였지만 윗사람과 다툼이 잦았다. 이 학교 저 학교를 수차례 옮겨 다니다 경남의 인문계 고등학교로 도간 전출되어서 나와 함께 근무하게 되었다. 그의 성격은 불같아서 화가 나면 걷잡을 수 없이 분노를 발산하였으며 직원조회 때 자리를 박차고 일어나서 교장에게 쓴소리로 직언하였다.

창수는 학교장과 선후배 관계이지만 강직한 성품이어서 가까이하기엔 불편한 사람이었다. 그러나 창수가 체육실에서 체력단련하는 일과를 즐기면서 우리는 가까운 사이로 발전하였다. 그의 특성은 남에게 지는 것을 싫어하였으며 중량이 무거운 역기를 들어 올리다가 관절을 다친 적도 있었다.

나는 오전 일과를 끝내고 중국반점으로 갈 때는 창수를 동행해서 짜장면이나 짬뽕을 곱빼기로 시켜서 먹었다. 그러나, 교원 신체검사를 받고 나서는 체력단련실에서 창수의 얼굴을 볼 수 없었다. 그는 점점 얼굴이 수척해지고 직원조회에서 예전처럼 발언하지 않았으며 시무룩한 표정을 짓고 있었다.

그의 변해 가는 일상이 너무도 궁금하여 창수를 숙직실로 불러서 자초지종을 물어보았더니 첫마디가 비명에 가까운 절규였다. '병원에서 위암 말기라고 합니다'라고 말하더니 허탈한 표정을 짓는 것이다. 그가 위암 말기인데 열심히 운동하였다는 사실을 믿을 수가 없었다.

"조만간 3개월 휴직서를 내고 서울의 종합병원에서 수술을 받아요"라고 말하면서 예전의 활기찬 모습은 한 군데도 찾아볼 수가 없었다. 그런데 갑자기 고해성사를 하는 사람처럼 다음과 같은 이야기를 들려주었다.

그가 대학 일학년에 재학 중 여름방학을 맞이해서 이웃에 거주하는 친구 집으로 놀러 갔을 때 그날은 악천후로 천둥번개가 치고 창대비가 쏟아졌으며 가족들은 친척이 상을 당해서 경북 상주로 떠나고 친구의 여동생만 남아서 집을 지키고 있었다. 그녀는 여고 3학년에 재학 중이며 공부도 잘하였지만 동네에서 소문난 미인이었다. 그녀가 홀로 집을 지키는 것이 두렵다고 말하면서 오빠 방에서 자고 갈 것을 부탁하였는데 창수가 단호하게 거절하지 못해서 일어난 사고라고 주장하였다.

자정이 넘은 시각에 우르릉 쾅쾅 천둥번개 치는 소리가 계속되자 친구의 여동생이 노크도 없이 방문을 열고 들어서더니, '심장이 떨리고 너무 무서워서 잠을 잘 수가 없어요'라고 말하면서 도움을 간청하였다. 그러나, 창수는 겉으로는 걱정하지 말라고 안심을 시키면서도 속으로는 늑대의 본능(本能)이 발동(發動) 해서 '호박이 넝쿨째 굴러들어 왔다'라고 쾌재(快哉)를 불렀다.

자신도 모르게 야수로 돌변한 것이며 순간적인 실수를 저지르고 말았다. 물론 마지막에는 '사랑하기 때문에 책임지겠다'고 말하였지만 갑자기 생긴 일을 임시로 둘러맞추기 위한 술수였다. 창수는 늦은 아침까지 거기서 머물다 가족이 돌아온다는 전화 연락을 받고 귀가하였다.

이튿날부터는 창수도 자신(自身)의 죄(罪)가 밝혀지는 날엔 혼쭐이 날 것을 예측(豫測)하고 불면증(不眠症)으로 시달렸다고 한다. 그녀는 수개월이 지난 후에는 입덧을 하고 배가 불러오자 학교의 양호선생님께 발각되었으며 급기야는 전학을 권고받았다. 완고한 아버지는 '동네 사람 보기 부끄러워서 못 살겠다'라고 탄식하면서 온 가족이 서울로 이사하였다.

　　　　　　　　　　　　그리움은 채소처럼 푸르다

세월은 강물처럼 흘러가고 창수가 대학을 졸업한 후에는 교직생활을 시작하였으며 천둥번개 치던 밤을 까마득하게 잊어버렸다. 이제 결혼해서 가정을 이루고 남부럽지 않게 지내던 창수가 어느 날 퇴근 후 친구를 만나기 위해서 효목동 국군의무사령부 앞을 걸어가고 있을 때 낯익은 얼굴의 여성이 간호장교 대위 계급장을 달고 지나가기에 자세히 보니 친구의 여동생이라는 것을 알게 되었다.

그는 천둥번개 치던 밤의 기억이 되살아나면서 몸이 사시나무 떨리는 듯하였다. 어디 쥐구멍이라도 있으면 숨고 싶었지만, 순간을 모면하기 위해서 '반갑습니다'라고 넉살좋게 인사하였다. 바로, 그 순간 뺨이 날아갈 것처럼 후끈거리는 손맛을 느끼고 눈앞에서 반짝거리는 별을 보았다. 그녀는 분이 풀리지 않았던지 창수의 정강이 뼈가 으스러질 정도로 반복해서 걸어차고 중앙청의 급소를 향해 인정사정 볼 것 없이 강타하였다.

그녀는 예전의 순진한 여고생이 아니었으며 여군 장교의 서슬 퍼런 눈빛을 발산하면서 독설을 퍼부었다. "너는 인간의 탈을 쓴 악마다. 처녀 신세를 망친 놈이니 죽도록 맞아도 싸다"라고 말하더니 두 주먹을 불끈 쥐고 안면을 강타하였으며 코피가 터지는 바람에 얼굴은 피범벅이 되고 말았다.

창수는 죄인이기 때문에 아무런 저항을 할 수 없었다. 한참을 그렇게 주먹을 휘두르던 그녀가 분이 조금은 풀렸는지는 몰라도 정면을 향해 푸우하고 한숨을 내뱉더니 어디론가 사라지고 말았다.

그날 이후 두 사람의 재회는 한 번도 이루어진 적이 없었으며 놓친 고기가 아까운 것인지는 몰라도 창수의 머릿속은 온통 그녀의 환상으로 가득 차게 되었다. '그녀에게 못할 짓을 하였기 때문에 천벌을 받은 것입니다'라고 창수는 시종 눈물을 흘리면서 참회하고 있었다.

　나는 창수의 고백을 들은 지 얼마 후에 교직을 중도에 그만두고 부산에서 헬스클럽을 경영하였다. 그리고, 이십여 년의 세월이 흘러간 후 중등 교장으로 재직하는 후배를 상봉하였을 때 문득 창수가 생각나서 근황을 물어보았다.

　그는 위암 수술이 성공해서 기적적으로 건강을 회복하였으며 개발지에 사둔 땅값이 천정부지로 치솟는 바람에 졸부가 되었지만 갑자기 위암이 재발해서 사망하였다는 것이다. 오늘따라 그가 보고 싶은 이유가 무엇일까? 그것은 옛 동료인 창수의 손을 맞잡고 우정을 나누고 싶어서였다.

　'화장실 가기 전과 나온 후가 다르다'라는 인간의 이중적 심리를 보여 주었던 소장수 선생님 창수가 절규하였던 그날의 모습이 눈앞에 아른거린다.

손봄의 엘레지

손봄이 대학에 들어가서 세상을 보는 안목이 조금씩 넓어지는 가운데 자신의 생각을 정리해서 쓴 글이 "광인(狂人)의 이야기"며 또 한 편은 "손봄의 엘레지"이다.. 오십여 년이 흘러간 지금도 그때 쓴 글들이 기억의 창고에서 보관되어 있다는 것이 놀랍기도 하다. 아무튼 반세기의 세월 속에 지난날을 지면으로 옮긴 것은 살아 있는 자의 특권이다. 죽은 자는 말이 없으며 글 한 줄도 남길 수 없음은 정한 이치다.

그의 기억은 우주의 정거장에서 머물고 있었다. 손봄의 글은 아주 직설적이고 솟구치는 감정과 정서가 혼합되어 있었다. 그의 기억 속에는 과거가 살아 있지만 원고는 사라지고 없었다. 그가 창작한 광인(狂人)의 이야기는 동네를 떠돌아다니면서 행패를 부리고 발작하는 청년을 주제로 쓴 글이다.

미친 남자는 거의 매일 볼 수 있었다. 그는 여성들에게 쌍욕을 하고 희롱하는 일이 흔하였다. 때로는 길가에 흩어진 개똥이나 오물을 먹었으며 혼자서 히죽히죽 웃고 있었다. 그는 한겨울에도 흰색 남방셔츠를 입고 하의는 헐렁한 바지를 입었으며 새끼줄로 허리를 동여매고 있었다. 아무 데서나 쪼그리고. 앉아서 구걸하였지만 깡통 안에는 동전 한 푼도 구경할 수 없었다.

그는 눈동자가 빨갛게 충혈된 채로 음흉한 미소를 지어 보였다. 때로는 들쑥날쑥한 치아를 드러내며 길바닥에 드러누워서 잠을 자고 있었다. 소문에 의하면 여선생님을 짝사랑하다 상사병으로 미쳤다는 얘기도 있었다. 손봄은 광인에게 접근해서 자비를 베푼 적은 한번도 없었다. 단지 그를 조롱하려는 취지에서 인터뷰를 하고 싶었을 뿐이다.

들리는 말에 의하면, 광인(狂人)은 나무, 꽃 조류 등과 대화를 나눌 수 있다는 소문을 들었기에 사실여부를 확인하고 싶었던 것이다. 손봄은 광인(狂人)을 만나는 날은 꼬박꼬박 일기를 쓰고 그의 언행을 유심히 관찰하면서 줄거리를 다듬고 있었다. 그런데, 하룻밤 사이에 광인(狂人)은 사라지고 말았다.

손봄은 소설가 선배를 만나서 광인이 사라져서 글을 중단하게 되었다는 사실을 고백하였다. 선배는 충고하였다. 소설을 쓰기 위해서는 사랑을 실천에 옮기면 된다는 것이었다. 남을 비방하기 위해서 글을 쓰면 감동을 줄 수 없다고 하였다. 그리고 손봄이 습작으로 쓴 시를 발표할 의향이 있느냐"라고 물어보았다.

그의 소견으로는 글의 수준이 변변치 못하여서 발표할 자신이 없다고 말하였다. 선배가 어깨를 다독거리면서 말하였다. "세상에는 처음부터 잘할 수 있는 것은 없다"라고 격려하였다. 선배는 그림을 잘 그리는 여대생이 있으니 한 번 만나볼 것을 제안하였다. 그녀의 이름은 최안나로 맑고 순수한 영혼의 소유자라고 칭찬하였다.

그리움은 채소처럼 푸르다

선배의 소개로 최안나를 만나게 되었으며 그녀는 시제와 부합하는 그림을 그려주는 조력자가 되었다. 하늘의 제목에는 하늘을 그려 넣었으며 바다의 제목에는 바다를 산에는 숲과 나무를 그려서 넣었다. 시화전을 개최하는 장소는 규모가 큰 커피숍을 선정하였다. 시화전을 개최하기 며칠 전부터 국문학과 여교수를 찾아가서 당일 격려사를 부탁드렸는데 흔쾌히 수락하였다.

시화전을 오후 2시에 개최하였는데 의외로 홀 안에는 손님들이 꽉 찬 상태로 외부에서 참석한 일행들은 앉을 자리가 없었다. 국문학과 여교수님이 손봄을 소개하면서 공대생이 시화전을 개최하는 것은 드문 일이며 문학인의 경사라고 추켜세웠다. 손봄은 "시화전을 개최한 동기가 사랑을 실천하기 위해서 도전하였습니다"라고 선배의 말을 인용하였다.

그날 시화전에 참석한 내빈은 최안나의 친구들이 열 명이고 손봄의 친구는 다섯 명이 전부였다. 참석한 여교수에게는 별도로 교통비를 지급하였으며 도와준 사람들에게는 식사를 대접하였다. 손봄은 화기애애한 분위기 속에서 식사를 마치고 최안나와 함께 인근의 커피숍으로 자리를 옮겨서 대화를 나누게 되었으며 그녀에게 감사하는 뜻으로 약간의 수고비를 봉투에 넣어서 전달하였지만 극구사양하였다.

"그림을 그려준 공로를 외면할 수는 없지요?"라고 강제로 그녀의 손을 잡고 실랑이를 벌였는데 갑자기 그녀가 "아파요, 아파요"라고 울상을 짓는 것이었다. 손봄은 지금까지 여자의 손을 한두 번도 아니고 여러 번 잡

아 보았으나 이런 상황을 초래한 것은 처음이어서 당황하게 되었다. 마음
속으로는 "내가 손아귀 힘이 너무 센 탓일 거야"라고 자위하였다. 그리고
계면쩍은 미소를 지으면서 "혹시 잘못이 있었다면 용서하세요"라고 사과
하였다.

그날 이후로는 두 사람이 데이트를 하여도 그녀의 손을 잡아 본 적이 없
었다. 잠시 최안나의 가족관계를 살펴보자면, 그녀의 아버지는 6.25전쟁
에 참전해서 전사하였으며 어머니가 초등학교 교사로 재직하면서 2녀 1
남을 양육하였다. 그녀의 언니는 간호대를 졸업하고 종합병원에서 간호
사로 재직하고 있으며 남동생은 고등학교 일학년에 재학 중이다.

어느 날 손봄이 최안나의 가족에게 식사를 대접하고 싶다고 제안했다.
그들이 함께 식사하는 자리에서 언니가 당부하는 말이 있었다. "손봄 씨,
안나와 건전한 교제를 하세요. 절대로 손은 잡지마세요"라고 말하였다.
손봄이 추측하기로는 시화전 수고비를 전달하는 과정에서 불쾌한 감정을
유발한 것이라고 해석하였다. 언니는 또 한 가지 부탁을 하였다.

"손봄 씨가 시와 소설을 쓴다는 얘기를 전해 들었는데 소설이 있으면
읽고 싶어요"라고 말했다. 손봄은 비로소 광인(狂人)의 존재를 떠올리게
되었다. "제가 쓴 소설은 습작인데 괜찮을까요"라고 물어보았다. 언니는
빙그레 웃으면서 "습작도 상관이 없습니다. 재미있으면 좋아요"라고 답하
였다.

그는 이튿날 최안나를 통해서 광인(狂人)의 원고를 언니에게 넘겨주었다. 언니는 일주일이 경과한 후에 원고를 되돌려주면서 "소설가의 자질이 엿보입니다"라고 말한 것이 전부였다. 손봄이 마음속으로는 졸작이라고 무시하는 느낌이 들었지만 반응하지 않았다.

손봄의 아버지는 젊은 시절부터 당뇨로 투병하였는데 최근에는 폐염과 신장염이 합병증으로 유발하여 생명이 위독하다는 판정을 받고 손봄을 빠른 시일에 결혼시키고 싶다는 의향을 비쳤을 때 손봄은 최안나를 배우자로 염두에 두고 있다는 사실을 처음으로 고백하였다. 아버지는 놀라는 표정으로 최안나의 가족관계를 물어보았으며 손봄은 그녀에게 들은대로 아버지가 6.25전쟁 시 전사하였다는 사실과 가족관계를 소상하게 밝혔다.

아버지는 정면을 응시하면서 엄숙하게 경고하였다. "수많은 처녀들 중에 하필이면 아버지가 없는 배우자를 선택해서 결혼할 이유가 없다"라고 경고하였다. 손봄은 몸이 편찮은 아버지를 더 이상 설득할 수 있는 방법이 없다는 것을 알게 되었으며 자신이 원하는 배우자를 관철시키지 못한 것을 아쉽게 생각하였다. 그리고 며칠 후에는 최안나를 만나서 아버지가 결혼을 반대한다는 사실을 전하였다.

그녀는 조용히 눈을 감고 경청하더니 "나의 아버지가 6.25 전쟁에서 전사한 것을 결격사유로 말하는 것은 애국자인 아버지를 욕되게 하는 것이니 여기서 끝내요"라고 단호하게 절교를 선언하였다. 그러나 손봄은 아버지의 반대를 무릅쓰고 함께 극복할 수 있기를 원하였지만 그녀는 단칼에 잘라버리는 것이었다.

손봄은 그런 일을 겪고도 그녀의 마음에 변화가 있기를 바라면서 여러 차례 안나의 집을 찾아가서 자신의 잘못을 빌고 용서를 구하였지만 "더 이상 찾아오면 스토킹 혐의로 경찰에 신고합니다"라고 말하면서 고함을 질러대는 것이었다. 그때서야 정신을 차린 손봄에게 전광석화처럼 지나가는 깨달음이 있었다.

그것은 자신이 쓴 소설 속의 광인(狂人)이 오버랩(overlap) 되었기 때문이다. "내가 광인(狂人)에게 사랑을 실천하지 않았으며 냉대와 멸시로 대하였기 때문에 천벌을 받는 것이다"라고 선배의 충고를 다시 한번 되새기면서 새출발을 다짐하였다.

그리움은 채소처럼 푸르다

신흥체육관의 인연

고교 시절에는 진주에서 힘깨나 쓴다는 운동선수와 건달들은 신흥 체육관에서 몸을 단련하였다. 당시 세계의 이목을 집중시킨 보디빌더는 〈스티브 리브스〉로 "헤라클레스"라는 영화에서 대흥행을 일으킨 적이 있어 나도 훗날 보디빌더가 되고 싶다는 포부를 갖게 되었으며 가친이 사용한 중량의 덤벨을 강대본 관장에게 기증한 적도 있었다.

강대본 관장은 진주 농고를 졸업하고 헬스클럽을 경영하고자 운동기구 일체를 미국의 머슬지를 보고 철공소에서 제작하였으며 실용적인 면에서 인정을 받고 있었다. 실내는 오십여 평 정도였지만 30여 종 이상의 웨이트 기구, 역기와 아령으로 가득 채워졌으며 샤워시설은 없고 플라스틱 고무대야에 가득 채워진 수돗물을 바가지로 퍼서 냉수욕을 하였다.

당시 진주 체육인 중에서 뛰어난 육체미를 가진 사람은 이수영, 이명구, 조석재 씨로 진주농고 출신의 씨름선수이고 박하수, 강상기, 강수복 등 역도 국가대표 선수도 있었다. 필자와 함께 신흥체육관에서 운동한 씨름인은 이중근(LG씨름단 초대감독), 전재성(LG씨름단 2대감독), 김홍식(금성중 씨름 감독), 양기석(부산공동어시장) 등을 꼽을 수 있다.

나는 28세에 학군장교로 전역 후 진주의 대동기계공고에서 재직할 때도 신흥체육관에서 웨이트를 하였으며 고성군 철성고등학교 교사로 재직시 진주상고의 씨름부를 창단하는 과정에서 진주남중학교 씨름부를 육성한 장국봉 선생님의 추천을 받아 졸업생 10여 명을 훈련시키기 위해 신흥체육관에서 3개월 이상 훈련하였다. 하지만 진주상고 교사채용이 불발되어 씨름부 감독의 꿈은 무산되었다.

  이처럼 신흥체육관은 학창시절부터 사회 초년병 시절을 통해 인연을 맺었으며 오랜 세월이 지나간 후에도 뇌리 속에 살아 있었다. 경기도 수원여고에서 순위고사를 보고 첫발령을 받은 장호원고에서도 틈만 나면 방과 후에 역기와 아령으로 체력단련을 하였다. 두 번째로 전근을 간 곳은 낚시꾼들의 발걸음이 끊이지 않는 이천군 원삼중학교에서 씨름부를 창설하였다.

  그때는 38세이며 중학교 선수들에게 웨이트와 씨름을 가르쳐서 군 체육대회 중학부 우승을 차지하였다. 그것은 전적으로 젊은 패기와 열정이 살아 있었기 때문이라고 여겨진다. 경기도에서 도간전출하여 김해고로 부임해서도 틈나는 대로 헬스클럽에서 웨이트를 하였으며 나중에는 123번 버스를 타고 부산의 광복동에 있는 대한체력관에서 웨이트를 하였다.

  그리고 구덕체육관에서 개최한 미스터부산선발대회에 출전해서 장년부(40세 이상) 우승을 하였다. 85년도에 필자가 꿈꾸던 헬스클럽을 북구 괘법동 서부터미널 인근에서 75평 규모로 금성체력관을 개관하였다. 88년도에는 김해농고를 퇴직하고 중구 광복동 입구에서 전임 박성남 관장

그리움은 채소처럼 푸르다

이 운영한 헬스클럽을 인수해서 96년 10월까지 경영하였다.

96년 12월에는 서울의 송파구 삼전동에서 KASFA 헬스클럽을 신설하고 2년 이상 경영하였다. 평소에 웨이트트레이닝을 즐겼던 필자가 헬스클럽을 만 10년 이상 경영한 것은 자신에게 주어진 소명이라고 여겨진다. 나는 45세~54세까지 헬스클럽을 경영하면서 매일 3시간 이상 운동을 하였다. 또한 각종 대회에서 장년부에 출전하여 상위 입상하였다.

미스터부산선발대회, 미스터오륙도 선발대회, 전국신인선권대회, 미스터부산 회장기대회 2위, 미스터YMCA 2년 연속 2위, 미스터코리아 5위에 입상하였다. 1989년~1990년에 동아대에서 실시한 3급보디빌딩 지도자 및 3급체조(에어로빅) 국가공인자격을 취득하였다. 세상사 모두가 우연하게 이루어진 것은 없었으며 열정을 발휘해서 노력하였기 때문에 성과를 거둔 것이라고 믿는다.

씨름열전

1950년대 진주 씨름은 박종복(작고)씨가 양유식 장사보다 먼저 씨름판에서 이름을 날렸지만 6.25전쟁 이후에는 사업가로 전향하여 대륙공업사와 경전여객의 사주가 되었으며 씨름선수의 후원자로 자선을 베풀었다. 필자의 숙부인 양권식 장사는 양유식 장사의 친동생이며 진주사범학교를 졸업하고 씨름에 입문하여 전국대회 경량급 선수로 이름을 떨쳤다.

양권식 선수는 168cm의 단신이지만 씨름장에서는 머리카락을 보전하기 위하여 포마드를 바르고 이마에는 타월을 동여맨 채 씨름장에 올랐다. 양권식 장사는 오른 다리를 앞으로 옮겨 놓으면서 오른손으로 상대의 무릎을 짚고 눌러 배에 머리를 밀착해서 뒤집는 기술인 '앞무릎 치기'의 고수며 그 기술에 걸리면 중량급도 속수무책으로 당하였다.

양권식 장사는 부산 하야리아 부대 통역관 생활 중 미군으로부터 탭댄스를 전수받아 KBS 무용단 단장인 김완률씨와 함께 우리나라 탭댄스계의 기능보유자로서 전국 순회공연을 다녔다. 또한, 부산에서 무용학원을 개설하고 제자 양성을 하였으며 개천예술제 현대무용 부문에서 우수상을 받았다. 양권식 장사는 40년간 중등교사로 재직하다가 울산중앙여중에서 영어교사로 정년퇴직하였으며 72세로 별세하였다.

그리움은 채소처럼 푸르다

양유식 장사는 18세 때부터 씨름을 배우기 시작하였으며 20세부터는 씨름 기술을 혼자서 익혔다. 초보시절에는 대구의 나윤출 장사를 찾아가서 씨름 기술을 전수받았으나 가정 형편이 어려워서 지속적인 지도를 받을 수가 없었다. 후에 나윤출 장사는 월북하였으며 초대 북한 체육위원장을 역임하였다.

양유식 장사는 주변에 항상 많은 친구들을 거느리고 다녔으며 김또순 조씨는 의형제를 맺었다. 절친 중에는 피부가 검고 골격이 큰 〈외퉁이〉라는 씨름 장사가 있었는데 20대 후반에 장티푸스로 사망하였다. 양유식 장사는 일본 스모선수로 진출하기 위해 일본에서 양화점을 경영하는 작은 외삼촌의 초청을 받았지만 부모님을 봉양하기 위해서 결행하지 못한 것을 뒤늦게 후회하였다.

양유식 장사가 24세일 때 체중은 85kg 정도에 불과하였으며 매일 6끼니를 먹는 방법으로 체중을 100kg까지 늘릴 수가 있었다. 양유식 장사는 매일 새벽 4시에 기상하여 비봉산을 뛰어서 정상에 올라갔으며 오후엔 촉석루 계단 뛰기와 남강 백사장에서 씨름 훈련을 하였다.

양장사가 모래밭에서 수립한 100m 경주의 기록은 13초로 측정되었으며 시민체육대회 육상 선수로 출전해서 우승한 적도 있었다. 양권식 장사도 단거리에는 능했지만 1,500m에 출전하여 운동장을 몇 바퀴 돌다가 기진맥진한 상태에서 대열을 이탈하는 바람에 실격되고 말았다.

당시, 진주의 유도인으로서 최고의 권위자는 오대진 관장(8단)이며 양유식 장사와는 친분이 두터웠고 종종 두 분이 만나서 식사하고 씨름과 유도의 기술을 함께 연구하였다. 양유식 장사의 전성기에는 진주에서 쇼를 공연할 때는 양장사를 방문하는 연예인이 많았다. 특히 코미디언 양훈(작고) 씨는 친척이며 진주에 공연을 오면 양장사가 경영하는 "동성 양화점"을 홍보해 주었다.

당시 양장사와 교류한 연예인으로 양석천, 배삼룡 씨를 기억하고 있다. 한국 최고의 미녀배우가 진주 공연 중 촉석루에 들렀다가 의암바위 부근에서 씨름하는 양유식 장사의 육체미에 반하여 넋을 잃고 바라보았다는 일화가 있다. 훗날, 김천의 김기수 장사가 제1회 대통령기 전국장사씨름대회에서 우승하였을 때는 육체파 여배우 도금봉 씨가 그를 포용하며 축하의 꽃다발을 목에 걸어 준 것을 상기하면 당시 천하장사의 인기를 짐작할 수 있을 것이다.

1950년대 씨름은 승부가 날 때까지 시합을 하였기 때문에 한 시간 이상 경기를 진행한 적도 있었다. 양유식 장사가 전성기를 구가할 때 전국적으로 알려진 장사는 함양 출신의 노한성 장사, 대구의 경량급 고우주 장사, 유도 8단의 이석도 장사, 월남한 압록강 박진호 장사, 김해의 김대복 장사(경남체육회 사무처장 역임) 등 특출한 씨름 장사들이 전국의 씨름장을 누비고 다녔다.

월남한 박진호 장사는 억양이 강한 함경도 말씨를 구사하였으며 달변

가였다. 박진호 장사는 들배지기가 주특기이며 서울, 경기지역에서는 최강자였지만 양유식 장사와 겨루어서 번번이 지고 말았다. 대구의 고우주 장사는 스피드한 씨름과 잡기술을 잘 구사하였으며 이석도씨는 명성을 떨친 유도선수였으나 씨름 경기에서는 한 번도 양유식 장사를 이기지 못하였다.

함양 노장군(노한성)은 키 2m16cm로 당대 최고의 거인이며 양유식 장사와 우열을 가릴 수 없을 정도로 용호상박이었다. 그러나, 임시수도 부산에서 개최한 이승만 대통령기 전국장사씨름대회에서는 양유식 장사가 우승하여 이승만 대통령으로부터 6.25전쟁 중 가장 빠른 전투기인 "제트기"라는 별명을 하사받았다. 노한성 장사는 괴력의 소유자로 장정 열 명이 들어 올리는 한 드럼의 휘발유를 혼자서 GMC 트럭에 들어 올렸다.

후일 노한성 장사는 필자가 김해농고에서 씨름부를 창단하여 제자를 육성한다는 소식을 전해 듣고 양유식 장사의 제자인 강두만, 김학성 장사를 동행해서 씨름장을 방문하고 격려하였다. 당일 강두만 장사는 50세의 나이지만 선수들을 한 명씩 불러내어 쉬지 않고 지도하였다. 특히 강두만 장사, 김학성 장사는 필자가 어린 시절부터 남강 모래밭에서 씨름하는 광경을 지켜보면서 성장하였기에 두 분의 성원을 잊지 않고 있으며 고인이 된 강두만 장사의 명복을 빌어드린다.

아내

아내란 누구인가? 남남으로 만났지만 부부로서 인연을 맺었으니 생사고락을 함께 하는 인생의 동반자라고 생각한다. 아내를 처음으로 만난 것은 국립 경상대(전 진주 농대) 2학년에 재학 중일 때였다. 어느 날 아버지가 경영하는 '동성 양화점'에서 무심코 쇼윈도 유리창으로 길거리를 바라보았을 때 단발머리 여학생이 붉은 원피스를 입고 지나가는 모습을 발견하였다.

그날은 절친한 후배와 함께 대화를 나누고 있었는데 그가 말하기를 '우와 저 여학생 정말 이쁘네요'라고 감탄하여서 나도 즉흥적으로 반응하였다. '네가 말을 잘 하니까 밖으로 나가서 좀 데려올 수 있겠나?'라고 반 명령조로 말했다. 후배가 주저하지 않고 날렵한 동작으로 출입문을 열고 길거리로 뛰쳐나갔다. 그는 여학생을 가로막고 손가락으로 양화점을 가리키면서 뭐라고 말하더니 이내 그녀를 데리고 왔다.

밝은 대낮이지만 실내의 형광등 불빛 아래 반사된 그녀의 모습은 아름답고 은은한 눈빛이 풀잎의 이슬처럼 맑고 투명하였다. 그녀는 약간 놀란 표정으로 멈칫거리고 있었다. '무슨 용건인지 말하세요' 추궁하는 것처럼 여겨졌다. 마침 그때 아버지가 가게로 들어오시기에 여학생의 손을 잡은 채 출입문을 열고 밖으로 나갔다.

그리움은 채소처럼 푸르다

나는 용기를 내서 말했다. '학생에게 할 말이 있으니 다방에 가서 얘기 좀 합시다'라고 말하면서 반강제적으로 그녀의 손을 끌고 걸어갔지만, 그녀는 잡힌 손을 뿌리치지 않았다. 그 시절의 '동성 양화점' 근처에는 '스테레오'라는 다방이 있었는데 그녀를 동행해서 창가에 자리를 잡고 앉았다. 당시 만 19세 이하 미성년자는 다방이나 극장 출입이 금지되었기에 그녀는 내심 불안한 표정을 짓고 있었지만 대화를 나누는 동안 조금씩 안정을 되찾고 있었다.

그녀는 나를 뚫어지게 바라보면서 강제로 다방에 데리고 온 이유를 밝히라고 하였지만 나는 아무런 답변을 하지 않았으며 한참 동안 뜸을 들인 후에 레지를 호출하여 그녀의 의사를 물어보지도 않은 채 '쌍화차'를 주문하였다. 그리고, 고작 한다는 말이 '차 한 잔 나누고 싶어서 그랬소'라고 말한 것이 전부인데 그녀는 아무 말도 하지 않고 고개를 숙이고 있었다.

나는 마음속으로 쾌재를 부르면서 '이제 절반은 성공이다'라고 예감하였으며 그녀가 나를 좋아하는 줄로 착각하였다. 그날 둘이서 나눈 대화는, 어느 동에 살고 있느냐? 몇 살이냐? 몇 학년이냐? 부모님 직업은 무엇이냐? 등 개인 신상에 관한 내용이었다. 그녀는 18세로 고3이며 촉석루 부근의 본성동에 살고 있는데 아버지는 중앙시장에서 미곡상을 경영한다는 것이었다.

실내의 손님들 눈길이 우리들 쪽으로 쏠리는 것을 느끼면서 다짜고짜 '내일 오후 4시에 '장대동 파출소' 앞에서 만나자'라고 제안한 뒤 자리에서 일어나고 말았다. 하필이면 장대동 파출소를 약속 장소로 정한 것인지는 지금 생각해도 이해할 수 없지만 이튿날 장대동 파출소 앞에서 기다리고 있었다. 그녀는 약 이십여 분이 경과한 뒤에 모습을 드러냈으며 나는 반가움에 들떠서 엔도르핀이 솟구치고 있었다.

그때의 심정은 밤을 새워서라도 그녀를 기다리겠다는 결심이었다. 아무튼 이십여 분을 지각하였지만 꼼짝하지 않고 장승처럼 서 있었다. 저녁 식사를 하기에는 이른 시간이어서 남강 백사장으로 동행하였으며 집에서 준비한 가족사진을 풀어놓고 설명하였다. 할아버지, 할머니, 아버지, 새어머니, 고모님, 숙부님, 남동생 다섯 명까지 줄줄이 외우면서 소개하였다. 그녀도 지지 않고 큰아버지는 소방서장이며, 셋째 삼촌은 중앙시장 번영회장이며, 막냇삼촌은 대학교수라고 말하였다.

그날 이후로는 가친이 당뇨병을 앓고 있었기 때문에 가게를 지키는 일이 많았으며 그녀도 가끔 양화점에 들러서 함께 식사를 하였다. 어느 날 진주 극장에서 '사랑아 나는 통곡한다'는 영화가 개봉하였을 때 미성년자 입장불가인 줄 알면서도 함께 입장하고 관람하였다. 영화가 끝나고 퇴장할 때 그녀가 다니는 학교의 지도부 선생님에게 발각되었으며 나는 지도부 교사에게 처벌하면 가만두지 않겠다고 엄포를 놓았지만 오히려 악영향을 초래해서 그녀는 일주일 정학을 받았다.

나는 학교로 찾아가서 지도부 선생에게 항의하였으나 그것이 악재가 되어 그녀는 '요주의 인물'로 지목되었으며 창피해서 학교를 다닐 수 없다고 울먹이고 있었다. 가친이 이런 사실을 알고 다시는 그녀를 만나지 말 것을 엄중히 경고하였으며 충무에서 수산업을 하는 갑부집 딸을 중매했으니 맞선을 보라고 강요하였지만 그녀 아니면 결혼할 수 없다고 단호하게 거절하였다.

그녀에게도 가친이 결혼을 반대한다고 사실 그대로 전하였다. 그녀는 충격을 받고 더 이상 교제하지 않겠다고 선언하였으며 수개월간 만날 수 없었다. 그런데 조부모님과 숙부님께 난제를 상의하였더니 결혼은 부모가 결정하는 것이 아니며 본인이 사랑하는 여자를 선택하는 것이라고 나의 손을 들어 주었다.

대학을 졸업하고 스물네 살이 되던 해에 나는 학군 소위로 임관하게 되었으며 부산의 당감동에 있는 사찰에서 가족과 친지의 축하를 받고 결혼식을 올리게 되었다. 처음으로 살림을 차리게 된 것은 중위 계급장을 달고 강원도 화천읍에서 결혼생활을 시작하였다. 가친이 만 47세에 당뇨합병증으로 별세하시고 약간의 유산을 받아 화천 경찰서 부근의 다방이 딸린 120평 주택을 구입하였다.

그때는 경제적인 여유가 있었으며 주말에는 아내와 함께 춘천을 방문하여 야경을 즐기고 '인제 가면 언제 오나'로 회자되는 첩첩산골 인제를 방문해서 신혼을 즐기고 있었다. 화천에서 첫째 딸을 낳게 되었으며 호사다마인지 주택에 화재가 발생해서 큰 손실을 입게 되었다. 화재의 원인은 헌병대 준위에게 방 한 개를 임대하였는데 당직 사병이 군불을 많이 지펴서 구둘이 가열되어 일어난 화재였다.
그날의 화재로 인하여 전 재산을 잃고 대구광역시 국군의무사령부로 발령을 받고 효목동에서 2년간 전세로 생활하였다. 전역 후에는 고향인 진주에서 생활하였으며 무위도식하는 상태로 둘째 딸을 낳고 밥벌이를 하기 위해서 예비군 중대장을 맡은 적도 있었다. 그런 사정을 알게 된 처삼촌이 '하동종고' 임시교사 자리를 알선해 주었기에 교직에 첫발을 들여놓게 되었다.

사립학교 근무는 진주시 대동기계공고, 고성군 철성고등학교 두 군데를 전전하였으며 막내딸은 고성읍에서 출생하였다. 34세 때 경기도 수원여고에서 실시한 순위고사에 응시하고 첫 발령은 '장호원 고등학교'에서 시작하였으며 용인군 '원삼중학교'에서 재직 중 경남 김해고등학교로 도간전출하였다.

'김해고등학교' 재직 중에는 활천동에서 2층집 방 두 개를 전세로 얻어 자전거를 타고 출퇴근을 하였다. 2년 6개월 후에는 '김해농고'로 전근을 가게 되었으며 '김해농고' 재직 중에는 부산의 엄궁시장 근처에 이층 전셋집을 얻어 생활하였다. 나의 교직 생활은 여러 지역을 옮겨 다녔기 때문에 아내와 딸들의 고생은 말이 아니었지만 아내는 명랑 쾌활하였으며 딸 셋을 양육하는 과정에서도 근검절약하고 솔선수범하였다.

그러나 교직생활에 권태와 염증을 느낀 나머지 김해 농고에서 5년 이상을 재직하고 퇴직하였다. 퇴직하는 과정에서 아내가 만류하였으나 사나이 대장부가 내린 결정을 번복하지 않았다. 돌이켜보면 15년의 교직생활을 통해서 성취한 일도 많았는데 고비를 넘기지 못하고 퇴직한 것을 아쉽게 생각한다.

그리움은 채소처럼 푸르다

나는 사회에 첫 발을 옮겨 놓았을 때 사상터미널, 광복동 입구, 부평동 시장 일대에 3개의 헬스장을 경영하였다. 결국 일손이 모자라서 부평동 시장 근처의 헬스장은 정리하고 2개를 8년 이상 경영하면서 아내는 헌신적으로 뒷받침을 하였기에 고마움을 잊을 수 없다. 아내는 헬스장 관리는 물론이거니와 에어로빅 강사 및 회원관리, 에어로빅 교육관 업무를 주도면밀하게 처리하였다.

새벽 5시에 기상하면 딸 셋의 등교와 집안 일을 마치고 밤 12시까지 헬스장에서 함께 생활하고 퇴근하였다. 그런 노력을 기울이면서도 딸 셋을 스물네 살에 모두 결혼 시키는 업적을 남겼다. 현재, 첫째 사위는 공군 준장으로 예편해서 방위산업체에 재직하고 있으며 둘째 사위는 작년에 육군 준장으로 진급하여 합참에서 근무하고 막냇사위는 대전에서 내과 의사로 병원을 경영하고 있다.

아내는 딸들의 배우자를 선택하고 혼사를 치르기까지 최선을 다하였으며 출가시킨 후에도 노심초사 멘토 역할을 감당하였기에 아내에게 깊은 감사를 드린다. 그동안 함께 살면서 여보, 당신이라고 부른 적은 단 한 번도 없었으며 언제나 서부경남 사투리로 '아요'라고 불렀다. 나에게는 '아요, 아요' 란 단어가 아무 것도 해 준 것이 없어요를 뜻하는 말인지도 모른다. '남의 집 귀한 딸을 데리고 와서 오랜 세월 고생만 시켰다'

그래서, '아요'의 호칭은 당신이 많이 아프지요의 또 다른 의미일지도 모른다.

아버지와 목욕탕

6.25 전쟁 후에는 가마솥에 물을 데워서 목욕하였으며 명절 전에는 아버지와 함께 목욕탕에 가는 일이 연중행사였다. 아침 5시에 목욕탕 문을 열면 줄을 서서 입장하였으며 목욕탕 내부는 수증기로 인해 뿌옇게 흐려져서 가까이 있는 사람도 형체를 알아볼 수 없었다.

아버지는 아들의 살갗에 붙은 때를 불리기 위해서 아들의 손을 잡고 온탕에 들어가면 십여 분 이상 머물게 하였다. 물론 탕 안에 빽빽하게 들어찬 다른 아이들 역시 뜨겁다고 엄살을 부리거나 울고 있었다. 탕 밖으로 나오면 가친은 타월을 사용해서 아들의 피부에 달라붙은 때를 벗기려고 손아귀에 힘을 넣고 문지른다.

아버지의 손길은 아들의 얼굴, 어깨, 등, 사타구니, 다리 등으로 옮겨 가면서 빈틈없이 세신 작업을 하였다. 나는 순간의 고통을 참지 못하고 찔끔찔끔 눈물을 흘린 적이 많았으나 고등학교에 입학하고 나서부터는 아버지와 목욕탕을 동행하지 않았다.

자기 몸을 청결하게 씻을 수 있는 연령이라고 판단하셨기 때문이다. 그러나 남강 백사장에서 씨름 훈련을 마치고 나서는 아버지의 바위 같은 등을 밀어드리는 일을 감당하였다. 대학시절에는 진주에서 가장 시설이 좋

그리움은 채소처럼 푸르다

은 "평화탕"에서 아버지와 조우하였지만 아버지는 아들의 등을 밀어주지 않았으며 나는 쇠약해진 아버지의 등을 타월로 가볍게 밀어드리면서 반응을 살핀 적이 있었다. 아버지는 시종일관 흐뭇한 표정을 짓고 있었다.

아버지는 당뇨 합병증을 초래한 이후로는 거의 바깥출입을 하지 못하고 집에서 누워만 계셨다. 젊은 시절에 운동을 과격하게 하셨기 때문에 전신이 쑤신다고 말씀하시면 한밤중에도 팔다리를 주물러 드렸던 적도 있었다.

하지만 당신 아들의 몸에 붙은 때를 억센 손길로 벗겨 주시던 아버지의 손길보다는 성의가 없었기에 꾸벅꾸벅 졸고 있는 아들을 대신하여 맹인 안마사를 불러서 안마를 받았다. 1968년 12월의 엄동설한에 아버지가 별세하셨으니 어느덧 56년의 세월이 지나가고 있다. 지금에 와서 그날의 불효를 반성하고 뉘우쳐 본들 무슨 소용이 있을까 싶어진다. 아버지의 빈자리는 강풍에 쓰러진 고목처럼 삭막하고 공허하였다.

아버지의 추억

진주시 옥봉동의 할머니 집에서 어린 시절을 보내고 진주중학교에 입학한 이후로는 시내 중심가인 대안동으로 거처를 옮겨서 생활하였다. 가친은 건물을 신축하여 일층은 동아 피혁상 간판을 걸고 양화 재료를 전시하였으며 2층은 거실과 침실을 만들어 나와 동생들이 함께 기거하였다.

거실은 넓은 공간이어서 개천예술제 기간 중 시골에서 거주하는 친척들이 찾아오면 잠자리로 제공하였다. 동아피혁상 맞은편은 삼화 지업사로 도배, 장판, 한지를 판매하였으며 우리 집과 건물의 높이가 비슷해서 창문을 열면 실내를 훤히 들여다볼 수 있었다. 아버지는 지업사의 사장과 호형호제하는 사이여서 화장실을 공동으로 사용하였다.

우리 집은 내부에 화장실이 없는 이유가 위생적인 면에서 그랬는지 아니면 공간 활용을 줄이려는 것인지는 알 수 없었다. 바로 옆 건물은 제과 공장으로 화장실이 우리 집과 붙어 있었기 때문에 여름철이면 불결한 냄새가 진동하였으며 항상 창문을 닫고 생활하였다.

가친은 지업사 옆에 위치한 식료품점 주인과도 호형호제하였으며 중앙시장의 상인들과 계모임을 하였다. 새어머니는 철교 건너 잠사 여고를 졸업한 후 가친과 결혼하였으며 동네에서는 미인으로 알려졌다. 새어머니

그리움은 채소처럼 푸르다

의 오빠가 중앙시장 안에서 수예점을 경영하고 있었으며 가친과 호형호
제하는 사이여서 중매하였다는 얘기를 들은 적이 있었다.

동성동에서 규모가 큰 화상을 경영하는 중국인이 버들 양(楊) 씨로 우
리와 친척이라고 해서 명절에는 중화요리 반점에서 함께 식사하였으나
화상 주인이 단순하게 양씨 성을 가졌기 때문에 친척으로 통했을지도 모
른다. 중국에는 양(楊) 씨가 많으며 양귀비((楊貴妃)도 친척이라는 얘길
들었다.

당대 최고의 작명가로 알려진 '백운학인' 선생이 형제자매의 이름을 작
명하였으며 필자의 이름도 동근(東根)으로 개명해서 지금에 이른 것이다.
중학교 입학했을 때는 친구의 아버지가 중앙시장에서 경양식 레스토랑을
개업하였다. 아버지는 수시로 나를 데리고 가서 돈가스를 먹게 하였으며
귀가한 후에는 아들을 벽면에 기대게 해서 연필로 표식을 하고 키를 재는
것이었다.

때로는 경양식 집 아들과 조우하는 날은 우리를 돌아서게 하고 키를 재
는 일도 있었다. 아버지는 수시로 곰탕집과 돼지국밥집에 아들을 동행해
서 식사를 하였으며 키를 재는 일이 많았다. 그리고, 식육점에서 고기를
구입할 때는 뼈다귀를 덤으로 가져와서 구로(개)에게 몸보신을 시켰다.

나는 키를 빨리 자라게 하려면 달리기를 해야 한다는 정보를 얻었기에
맞은편 건재상의 점원이 또래여서 밤에는 남강 철교를 지나 진주역까지

달리기를 하였다. 달리기를 시작한 뒤로는 키가 3cm 이상 자란 것을 아버지가 인정하셨기 때문에 매일 새벽 5시에 기상하면 아들을 동행해서 비봉산과 촉석루 계단 뛰기를 하였다.

가친은 아들의 성장에 관심을 갖고 영양섭취를 도와주셨으며 나는 매일 네 끼 이상을 먹을 때가 많아서 늘 소화불량으로 활명수와 훼스탈을 장복하였다. 어느 날은 남동생 승근이와 함께 땅콩 한 되를 먹고 배탈이 난 적도 있었으며 아버지가 추석 명절 씨름대회에 출전하실 때는 약 한 달 전부터 삼계탕을 장복하셨는데 아들도 삼계탕을 먹도록 허락하였다.

학창 시절은 항상 배부르게 먹고 과잉보호를 받으면서 생활하였지만 아버지는 47세의 젊은 나이에 당뇨합병증으로 별세하였다. 아버지의 사랑을 받기만 하고 보답하지 못한 것을 참회하는 뜻에서 이 글을 쓰게 되었다.

그리움은 채소처럼 푸르다

양씨 가문의 어른들

초등학교 중학교 시절을 조부모님 곁에서 생활하였다. 우리 집은 금산 아래쪽 마을의 높은 곳에 위치하였으며 할아버지 연세는 50대 후반 할머니는 50대 초반인데 두 분의 금슬이 그렇게 좋지 않았다. 할아버지는 과묵한 성격의 소유자이시며 손자에게 과자를 사주는 일은 주로 할머니의 몫이었다.

어린 시절은 할머니와 대화를 많이 하면서 성장하였는데 할머니는 소주보다는 막걸리를 즐겨 드시고 우시는 일이 많았다. 두 분이 각방거처를 하였으며 나와 남동생은 큰 방에서 할머니와 함께 생활하였다. 할아버지는 가운데방에서 생활하시고 끄트머리 작은방은 숙부님이 혼자서 사용하였지만 비어 있을 때가 많았다.

동리가 좁다 보니 우리 집은 '양철집'으로 통하고 다른 집은 '기와집' '초가집' 또는 '생선 장수 집' '선생집'으로 불렀다. 할머니가 술에 취해서 십팔번으로 불렀던 노래는 '일만 이천삼백 년'인데 작곡, 작사한 노래이다. 첫 구절은 '일만이천삼백 년에 인연을 따랐노라' 음~하는 숨소리가 한숨으로 쏟아지고 나머지 가사는 기억할 수 없다.

그것은 할머니의 신세타령일지도 모른다. 그때는 할머니가 취중에 노래하는 이유를 철부지 손자가 알 수 없었다. 나는 금산을 수시로 오르내리면서 운동하고 삼시 세끼 식사하는 일에 관심이 쏠려 있었다. 나는 찔레꽃이 만발한 봄에도 할머니가 시장에 가서 반찬거리를 구입하고 조리하는 모습을 곁에서 지켜보는 일이 많았다. 할머니는 손으로 주물럭거려서 반찬을 만들었지만 요리의 달인이었다.

기억에 남는 음식을 소개하자면 씀바귀를 고무대야에 담근 뒤 물을 붓고 며칠 동안 쓴맛을 우려낸 다음 된장, 마늘, 고추장, 배, 설탕, 참기름에 버무려서 밥상에 올려놓으면 나는 두 그릇의 밥을 비웠다. 겨울철에는 대구탕을 끓여서 먹었으며 대구 알은 젓갈을 담가서 먹었고 가오리무침은 초고추장과 무를 썰어 넣고 양재기에 쌀밥을 가득 담아 비벼서 먹었다. 할머니의 음식 맛은 둘이 먹다가 한 사람이 죽어도 모를 정도였다.

또 한 가지는 들깨를 맷돌에 갈아서 토란을 넣고 끓이는 '들깨죽'이라는 음식이 있었다. 지금도 그 음식을 먹고 싶을 때는 아내가 끓이지만 할머니의 '들깨죽'과는 손맛이 달랐다. 할머니는 음식 솜씨가 뛰어나서 식당을 하셨더라면 크게 성공하셨을 줄 믿는다.

할아버지도 음지에서 가족을 위해 노력하셨지만 할머니 공로에 묻혀서 빛을 보지 못하였다. 어느 날, 할아버지가 장기판에서 시비가 붙어 상대편 친구와 멱살잡이를 하고 싸우는 현장을 목격하였다. 할아버지는 날쌘 동작으로 강펀치를 날리면서 상대를 제압하였다. 할아버지의 날쌘 동작은 오늘날 UFC 경기의 선수처럼 위력이 강해서 놀라움을 금치 못하였다.

그날 이후로 할아버지를 우러러보게 되었으며 팔씨름의 기교도 전수받게 되었다.

나는 고등학교에 입학해서도 할아버지와 팔씨름을 해서 이기지 못하였다. 어느 날 할아버지가 지리산에 가서 토종꿀을 구입하여 밤, 대추, 인삼을 넣고 우리 식구들이 장복하였다. 할아버지는 묵언수행을 하였으며 일주일 이상 계룡산을 다녀오신 이후로는 특별한 주문을 암송하는 모습을 발견할 수 있었다.

그 주문은 짧고 간단하여 하루에 천 번 이상을 외우는 것이었다. 할아버지가 주문을 외우실 때는 정신일도 하사불성(精神一到 何事不成)의 원칙을 실천하셨다. 손자가 거짓으로 "불이야"를 외쳐도 일체 반응하지 않았다.

할머니 집 화장실은 마당 아래쪽의 계단을 밟고 내려가면 있었는데 발판의 널빤지가 찌그럭거릴 정도로 위험하였지만 교체하지 않았기 때문에 손자가 화장실에 빠진 후 떡 잔치를 하고 수선하였다. 할아버지가 지네를 잡아서 병 속에 집어넣고 석유를 붓고 일 년 이상 묵혀 두었다가 상처 난 부위에 바르면 낫는다고 얘기하셨지만 나는 한 번도 사용한 적이 없었다.

그 시절엔 의약품이 귀해서 머리가 찢어지면 된장을 바르고 붕대 대신에 무명천으로 피부를 감싸는 것이 응급처치였다. 할머니 집 남새밭에서 재배한 상추로 쌈을 싸먹고 채독에 감염되었으며 구충제가 없어서 공복에 휘발유를 며칠 동안 마신 적이 있었는데 정신이 몽롱하고 구토를 하였다.

어느 여름철에는 화장실 구더기를 퇴치하기 위해서 석유를 쏟아부은 사실을 모르고 숙부님이 담배꽁초를 던지는 바람에 궁둥이에 화상을 입은 적도 있었다. 이제 양씨 집안의 어른들은 모두 타계하였으며 내가 어른들의 가장 높은 자리인 총수에 오르게 되었으니 인생무상을 느끼지 않을 수 없다.

그리움은 채소처럼 푸르다

그리움의 열매는 사랑이었지

양유식 장사

오늘 소개하는 양유식 장사는 1950년대 진주 씨름을 대표하는 스타이며 전국대회 250회 이상 우승 기록을 보유한 명실상부한 한국 씨름의 대부였다.

양유식 장사는 1921년에 출생하였으며 1968년도에 지병인 당뇨합병증으로 투병하다 47세에 별세하였다.

양유식 장사는 '양점배'라는 닉네임을 가졌으며 50년, 60년대에 서부경남에서 생활한 사람들은 남녀노소를 막론하고 '양유식'이라는 이름 석자보다는 '양점배'로 통하였다.

양장사의 본명은 '양유식'이지만, 후일 '양윤식'으로 개명하였으며 '점배'라는 호칭은 등에 큰 점이 있었기 때문에 별명이 되었다.

양유식 장사는 6.25전쟁 중 임시수도인 부산에서 개최한 전국장사씨름대회의 결선에서 '노한성 장사'(별명은 함양 노장군 216cm)와 대결하여 우승하였을 때 주요 일간지의 지면을 화려하게 장식하였다.

당시 이승만 대통령은 시상식에서 6.25전쟁시 가장 빠른 신예 전투기인 '제트기'라는 별명을 양유식 장사에게 하사하였다.

그리움은 채소처럼 푸르다

당대 최고의 거인으로 알려진 '노한성 장사'는 휘발유가 가득찬 드럼통을 혼자서 거뜬하게 들어 올려서 GMC 화물차에 실었다는 전설적인 인물이었다.

양장사는 20세부터 체중을 불리기 위하여 매 끼니마다 쌀 한 되로 밥을 지어 쇠고기 2근(1200g)을 먹었으며 전성기에는 120kg의 거구를 유지하였다.

한 때는 일본의 오사카에서 양화점을 경영하는 외삼촌의 권유로 스모 선수의 꿈을 꾼 적도 있었지만 노부모를 봉양하기 위해서 스모 선수의 꿈을 포기하였다.

1950년대 우리나라에서 가장 인기있는 운동 종목은 단연코 씨름이며 구정, 단오, 추석 명절에는 전국 각지에서 황소를 상금으로 걸고 장사씨름대회를 개최하였다.

지역별로 이름이 널리 알려진 장사들은 그 기회를 놓치지 않고 밤을 새워가면사 경기를 치루었다.

그 시절은 시군 단위로 야간에도 씨름 경기를 치루었으며 경기장 주변에는 상인들이 천막을 치고 식당을 운영하였는데 장사들은 소고기국밥이나 비빔밥, 돼지고기를 배부르게 먹고 씨름을 하였다.

양유식장사는 전성기에는 한 해 추석 명절에만 20여 회 이상 우승하여 상금으로 받은 황소를 옥봉동 자택의 공터에 매어 두었는데 주야를 불문하고 황소들이 싸우는 바람에 주민들이 경찰에 신고한 적도 있었다.

양장사가 한창 이름을 날릴 때는 '양점배'를 모르면 간첩이라는 말이 회자되었다.

양유식장사는 이재에도 밝아 진주시 대안동에 2층 건물을 짓고 '동아피혁상'을 개업하였다.

양유식 장사가 씨름을 시작한 동기는 가난을 극복하기 위해서 씨름을 배웠으며 뼈를 깎는 노력과 수련을 하였다.

매일 새벽 4시에 기상해서 비봉산을 등산하였으며 지금은 없어진 제일극장 200계단 오르기와 남강 백사장에서 달리기를 하였다.

진주시민체육대회에 출전했을 때는 육상 100미터 종목을 12초의 기록으로 우승한 적도 있었다.

한 번은 양장사가 택시를 타고 가다 깜빡 잊고 가방을 챙기지 못한 일이 있어 약 백미터 이상을 달려가서 그 가방을 되찾은 일화도 있었다.

그러나, 양장사는 체중을 불리기 위해서 과식한 탓으로 당뇨병이 발병하였지만 정작 본인은 모르고 지내다가 십여 년이 경과한 후에 반도병원에서 검진을 받고 당뇨병이라는 사실을 처음으로 알게 되었다.

양장사는 당뇨병 증세로 인하여 씨름대회장에서 갈증을 해소하기 위해 '옹기독'에 가득 채운 냉수를 바가지로 퍼서 수시로 마시면서 경기하는 모습을 흔히 볼 수 있었으며 혹한에도 불구하고 주전자에 담긴 한 말 짜리

그리움은 채소처럼 푸르다

냉수를 밤새워 마시기도 하여 주위 사람들을 놀라게 하였다.

왕년의 양장사가 정육점 주인과 술마시기 내기를 한 적이 있었는데 두 사람이 아침 6시에 만나서 당시 애주가들의 인기를 끌었던 '소춘'이라는 두 홉들이 소주를 오전 11시까지 마셨으며 양장사가 23병, 정육점 주인이 17병을 마셨다.

만취한 양장사는 이틀 동안 수면을 취하지 않고 물만 마시면서 숙취를 해소하였다는 일화를 남겼다.

양장사는 강추위에도 의암 바위가 있는 남강 백사장에서 이십여 명의 제자들과 차례로 맞붙어 이백판의 씨름을 하였으며 훈련을 끝낸 다음에는 돌멩이로 꽁꽁 얼어붙은 얼음을 깨고 강물에 입수해서 멱을 감았는데 수증기가 강물 위로 연기처럼 피어오르는 것을 볼 수 있었다.

간혹, 산책 나온 시민들과 빨래하는 아낙네들이 그 장면을 보고 감탄하지 않을 수 없었다.

하지만, 영하의 기온에 맨살을 드러내고 운동하였기에 훗날 신경통 증세로 혹독한 댓가를 치루어야 했다.

양장사는 장대동 둑길 아래에 있는 300kg 이상의 수문을 한 손으로 들어 올리고 제아무리 껍질이 단단한 사과일지라도 엄지와 검지로 깨트리는 악력을 갖고 있었다.

어린이들이 즐겨하는 '양점배 퍼차기'라는 놀이가 있었다.

약 십여 미터 전방에 돌을 세워두고 배 위에 납작한 돌을 얹고 뒷짐을 진 상태로 걸어가서 표적을 맞히는 놀이었다.

그것은 양장사가 길거리를 보행할 때 뒷짐을 지고 느리게 걸어가는 모습을 관찰하고 창안하였으며 당시 양장사의 인기를 가늠할 수 있는 부분이다.

농한기에 개최하는 '개천예술제' 기간에는 촌노들이 일손을 놓고 구경하러 왔다가 야바위꾼들에게 돈을 잃는 일이 발생하면 제자들과 함께 찾아가서 담판을 짓고 돈을 되돌려 줄 정도로 의협심이 강한 분이었다.

양장사는 지역사회의 유명인사로 널리 알려졌기에 전국을 순회공연하는 쑈단의 연예인들이 극장에서 공연하는 날은 양장사를 방문하는 일이 흔하였으며 그들을 구경하기 위해서 동네 주민들은 가게 앞에서 장사진을 치고 있었다.

친하게 교류한 연예인은 코미디언 뚱뚱이 양훈씨(작고)와 홀쭉이 양석천씨(작고)는 가깝게 지내는 연예인으로 진주극장에서 공연시는 양장사가 경영하는 '동아피혁상'과 '동성양화점'을 홍보해 주었다.

특히 양훈씨는 버들 양(楊氏)라는 점에서 가깝게 지냈으며 삶은 돼지고기를 즐겼기에 중앙시장의 단골집을 찾아가서 흉금을 털어놓고 소주잔을 기울였다.

  양유식장사는 자타가 공인하는 진주씨름의 원조이며 씨름훈련은 장대동 둑길 아래 남강 백사장을 주로 이용하였으며 동계훈련은 촉석루 아래 의암바위 근처가 북풍을 막아 주는 방벽이 있었기 때문에 거기서 보선을 신고 훈련하였다.

  양장사가 배출한 제자들 중 오십여 명이 전국을 무대로 유명세를 떨쳤으며 대표적인 장사는 강두만(작고), 김학성, 양태식(작고), 정일태, 강창갑, 전두원, 제진옥, 이수영(작고),이명구, 조행길, 프로레슬링 선수로 이름을 떨친 박송남선수, LG씨름단 감독을 역임한 필자의 진주고 동기 이중근 씨를 손꼽을 수 있다.

  상기 양유식 장사는 필자(양동근)의 가친으로 진주씨름의 원조이며 전국씨름대회를 250회 이상 제패하였기에 이를 가문의 영광으로 생각하면서 갈음코자 한다.

이제 고향을 알 것 같아요

9월의 마지막 날 아침에 창문을 열고 시원한 바람을 피부로 느끼면서 드디어 가을이 찾아온 것을 알게 되었다. 오늘은 왠지 내 고향 진주의 향수에 젖어 허전한 마음을 달래고 싶은 날이다. 젊은 날에는 나이가 많은 것을 자랑하기 위해서 나이를 부풀린 적이 있었다.

가장 흔하게 써먹은 자료는 6.25전쟁 때 시청이 불에 타서 호적이 잘못 기록되었다는 것이다. 친구들 중에는 동생과 나이가 바뀌었다고 주장하는 사람도 있었다. 학창 시절에는 형님이라는 호칭을 듣고 싶어서 안달이 났었다. 실제로 내 보다 서너 살 위인 여학생도 있었고 그녀는 누나처럼 행세하였다.

그 시절엔 남강교를 "철구다리"라고 호칭하였으며 아버지는 철교 입구에서 목공소를 경영하였다. 이웃에는 김윤양 병원이 개업해서 명의로 알려지기 시작하였다. 남강교 아래로 내려가는 길목에 "곱새점방"이 있었는데 거기서는 낚시 도구를 전문으로 팔고 있었다. 그때는 남강을 헤엄쳐서 건너가는 사람들이 많았으며 겨울에는 강물이 얼면 스케이트를 타거나 팽이를 치고 놀았다.

나는 아버지가 경영하는 목공소를 들락거리는 일도 있었지만 숙식은

그리움은 채소처럼 푸르다

할머니 집에서 하였으며 무료할 때는 금산에 올라가서 시내를 굽어 보고 야호를 외쳤다. 숙부님은 대청마루에서 탭댄스를 추고 말발굽 소리, 기차가 달려가는 칙칙폭폭 소리를 연출하였으며 현인의 '신라의 달밤'을 목이 터져라고 불렀지만 어느 누구도 시끄럽다고 이의를 제기하지 않았으니 호랑이 담배 피우던 시절이었다.

우마차가 흙먼지를 날리면서 신작로를 달리는 풍경도 흔하게 볼 수 있었다. 그리고 국회의원 선거에 출마한 윤또수 씨는 서부영화에서 볼 수 있는 역마차를 타고 다니면서 선거운동을 하였다. 선거가 끝난 어느 날 자정에 검문을 당하였을 때 경찰이 신분을 물어보자 "국회의원"이라고 밝혔다. 국회의원 신분증을 제시할 것을 요구하자 "나는 낙선 국회의원이다"라고 말하여서 폭소를 터뜨리게 하였다.

시내 중심가는 아스팔트가 깔려 있었지만 신호등도 없었고 횡단보도가 없었다. 자전거를 타고 신작로를 달려가면 가을바람에 머리카락이 흩날리고 가슴이 뻥 뚫렸던 시절이었다. 나도 가을이 깊어 가면 남강 둑을 산책하거나 남강 모래밭에 드러누워서 하늘의 뭉게구름을 바라보고 있었다. 지금 생각해 보면 낭만 소년이었다.

연인들은 어두컴컴한 시내의 이면도로를 걸어 다녔으며 때로는 남의 집 담벽이나 전봇대에서 포옹하고 남강백사장에서 데이트를 즐겼다. 옥봉동 '봉래 초등학교' 재학 시절에는 '연화사' 앞마당에서 오전 수업을 받고 비봉산에 올라가서 야외 수업을 받았다.

할머니 집 대청마루에서 우산을 펴고 아랫집으로 뛰어내리는 낙하산 훈련을 하다 기왓장을 여러 장 부수고 손해배상을 한 적도 있었다. 철교 건너 남강 카바레 뒤편의 대밭 부근에서 수영을 하다 익사 직전에 구조된 일도 있었으며 의암바위 부근에서 잠수를 하다 귀신에 홀린 것처럼 누군가 발을 잡아당기는 체험을 한 적도 있었다.

그리고 뒤벼리에서 수영을 하다 물밑으로 가라앉는 바람에 담력이 강한 선배가 구조하였다. 그 시절에도 위기는 있었지만 하늘은 언제나 내 편이었다. 그 이유는 할머니가 매일 아침 새벽에 기상하여 마당 한가운데 정화수 올려놓고 하늘의 달과 별을 보고 절하면서 가족들의 안녕을 빌어 주셨기 때문이다.

그리움은 채소처럼 푸르다

영웅의 탄생

봉래 초등학교 시절에는 하나에서 열까지 할머니의 과잉보호를 받으면서 성장했으며 나의 특성은 인내심이 부족하고 솔직하게 말하는 아이였다. 초등학교에 입학해서 시골 농부처럼 생기신 지석준 선생님이 담임을 맡았는데 인자하고 정이 많은 분이어서 가족 같은 느낌을 받았다.

어느 날 오후에 말썽꾸러기 '철수'가 산사태를 방지하기 위해서 뒷산에 묻은 배관 속으로 몰래 들어가서 실종된 적이 있었다. 철수를 최초에 목격한 학생이 담임에게 보고하였을 때 선생님은 놀라지 않았다. '아아, 철수? 그럴 줄 알았어'라는 반응이었다.

그리고 반장에게 집에 있는 경대(대형 거울)를 가져오라고 했으며 전교에서 모범생으로 알려진 6학년 학생을 불러서 배관 속으로 들어가라고 지시하였다. '너는 지금 즉시 배관 속으로 들어가서 철수를 끌고 나와야 한다'라고 단호한 어조로 지시하였다. 용감한 선배는 조금도 머뭇거리지 않고 배관 안으로 들어가서 철수의 이름을 불렀다. 철수를 구조하는 장면을 보기 위해 모든 교직원과 전교생이 영차영차 함성을 지르면서 응원하였다.

6학년 선배는 조심스럽게 배관 속으로 들어간 지 한참만에 철수를 발견하였으며 철수는 겁에 질려서 울고 있었다고 증언하였다. 6학년 선배는 나이는 어렸지만 담력이 강하고 동작이 민첩하여 어른들이 할 수 없는 일을 감당해서 임무를 성공적으로 완수하였다. 그리고 '철수'를 구조한 선배는 봉래 초등학교 전교생이 우러러보는 영웅이 되었다.

예나 지금이나 용기 있는 사람이 영웅이 된다는 말은 변하지 않을 것이다.

그리움은 채소처럼 푸르다

완벽한 날은 없다

가을이 깊어 가지만 완벽한 가을은 아닌 것 같다. 조금씩 봄처럼 느껴지는 날도 있으며 땀을 흘리면서 짧은 티셔츠를 갈아입는 날도 있었다. 계절도 짧거나 길거나 변하는 것이며 각자에게 주어진 삶도 좋거나 나쁘거나 변하는 것이다. 자신을 이해하고 사랑해 줄 수 있는 사람은 흔치 않을 것이며 나를 완벽하게 지켜나가는 일도 수월하지 않을 것이다.

타인의 멸시와 비난에 일일이 답하지 않고 그냥 지나치는 사람도 있다. 상대가 완벽하지 않다는 것을 알기 때문이다. 인간은 관심받기를 원하면서 더욱 외로워지는 것이다. 부질없는 집착을 벗어나면 자신의 감정을 치유할 수 있다. 동물은 자연치유법으로 신체의 질환을 걱정하지 않고 살아간다.

인간도 자정능력이 있음을 믿어야 하고 인간으로 살아가는 동안은 완벽한 날이 없을 것이다.

요강의 전설

할아버지는 가운데 방에서 독상을 받아 식사를 하시고 진종일(盡終日) 주문을 외우셨는데 그것은 계룡산의 도사에게서 받은 글귀라고 귀띔해 주셨다. 할머니 집에는 커다란 녹색 도자기 요강이 3개이며 아침에 일어나면 수세미로 세척하고 햇볕에 건조시켜서 사용하였다. 날이 어두워지면 요강은 방으로 옮겨져 할머니가 관리하였으며 오줌이 마려우면 할머니께 말씀드리고 사용하였다.

할머니는 요강을 찾는 손주들을 일일이 도와주는 것을 잊지 않으셨다. 그 이유는 손주들이 요강을 들어 올리다 힘에 부치어 떨어뜨릴까 봐 잠도 주무시지 않고 도와주는 것이었다. 그 시절의 할머니 집은 금산이라는 야산 아래 위치하였는데 자정이 넘은 시각에는 마당 한가운데 자리 잡은 감나무에 부엉이가 날아와서 밤을 새우고 있었으며 족제비, 오소리, 고양이 등이 찾아와서 집안의 먹이를 찾고 있었다.

화장실은 마당 아래쪽에 있었는데 밤중에 용변을 보기 위해 걸어가려면 귀신이 나올 것 같은 두려움을 갖고 있었다. 화장실 내부는 판때기를 양쪽으로 걸쳐놓았으며 발판의 중심을 잡지 못해서 미끄러진 적도 있었기에 밤에는 요강을 사용한다는 것이 얼마나 편리하였는지 모른다.

그리움은 채소처럼 푸르다

또한 겨울에는 얼어터진 손등을 요강의 오줌에 담그고 치료하였지만 훗날 동동구리무가 나오면서 지린 냄새는 사라지고 말았다. 그런데 요강의 역사는 어린 시절로 끝나지 않았으며 성인이 된 후에도 이사를 다닐 때는 스테인리스로 만든 요강을 보물처럼 챙기게 되었다. 요강은 아파트에 입주할 때 까지 약 30년 이상을 함께한 것을 부정할 수 없다.

성인이 된 이후에도 꿈속에서 요강을 찾게 되고 한줄기 시원한 오줌 소리를 귓전에서 들은 적이 있었다. 그리고 찰랑찰랑 요강의 물결이 아침햇살에 눈부셨던 날을 기억한다. 세월이 많이 흘러간 지금도 할머니의 손때가 묻어 있는 녹색 요강의 환영이 떠오르면 할머니의 손길로 받쳐주었던 그날의 환상이 뇌리를 스쳐간다.

인생은 덧없는 꿈이라고 말하지만 요강에 얽힌 이야기는 과거와 현재를 이어가는 가족의 사랑이며 그리움이었다.

울란바토르의 추억

2019년 8월 4일~8월 8일 짧았지만 길었던 4박 5일의 몽골 수도 울란바토르 의료봉사에서 보고 들은 이야기를 전하면서 잠시 스쳐 지나가는 인연들을 글로서 남기고자 한다. 몽골 의료봉사는 나의 인생에 깊은 울림을 주기도 하였다. 또한 몽골의 문화와 생활을 이해하고 아름다운 추억을 남긴 것이다. 의료봉사 마지막 날에는 말 사육장에서 승마를 즐긴 다음 약 40여 분 거리에 있는 시골까지 봉고차를 타고 갔었다.

거기는 네 개 동의 주택이 있었으며 여러 가족이 모여서 생활하고 있었는데 필자가 알고 있는 가족은 의료봉사 일정에 통역사로 동행한 앤·아노다르 한 명이다. 별장 여주인이 7남매를 낳았으며 아들은 하나뿐이고 딸들은 모두 출가해서 울란바토르 근교에 살고 있었다. 장남은 금광을 채굴하는 사업을 하고 있으며 앤·아노다르는 막내딸이고 한국의 안동대학교에서 국어국문학과에 재학 중인 31세의 주부대학생이다.

그녀가 작년부터 의료봉사단 통역을 자청하였기에 이름을 기억하고 있다. 별장에는 게르가 한 동이 있었으며 거기에 거주하는 50대의 남자가 여주인의 가까운 친척이었다. 그는 의료봉사단이 별장에 도착하였을 때부터 연신 불을 지피면서 식사를 준비하고 있었다. 그의 임무는 양고기를 삶아서 원두막에 차려놓고 먹을 수 있도록 준비하는 것이다.

그리움은 채소처럼 푸르다

그는 전형적인 몽골 사람의 표정이며 50대로 보기엔 너무 늙어 보였다. 과거의 직업은 울란바토르의 전력회사에서 직원으로 재직하였으나 현재는 직장도 없고 아내와 이혼하고 혼자 살고 있었다. 그는 술을 즐기고 술에 취하지 않으면 잠을 잘 수 없다는 얘기를 들었다.

그는 의료봉사하는 마지막 날에도 자신의 거처인 게르에 홀로 앉아서 보드카를 홀짝홀짝 마시고 콧노래를 흥얼거리고 있었으며 양고기를 삶는 동안에도 시종 눈짓과 손짓으로 의사 표현을 하였는데 짐작건대 곧 양고기를 먹을 수 있다는 암시라고 여겨졌다.

그는 저녁 8시경 의료봉사를 진행하였을 때도 약침을 맞고 친척들과 함께 대화를 나누고 있었다. 그리고, 소화불량이라고 말하여서 약수한의원의 비방인 백중환(소화제)을 지급하였다. 이십여 명의 가족들에게 의료봉사를 마치고 친선 노래자랑을 하였을 때도 그는 흥에 겨워 손뼉을 치고 장단을 맞추었으며 마지막까지 뒤처리를 하고 자신의 숙소인 게르로 돌아갔다.

친선 노래자랑은 자정이 넘어서야 끝나고 나는 이국의 정취에 잠을 이루지 못해 밖으로 나와서 서성거리고 있었다. 몽골의 밤하늘엔 별들이 보석처럼 반짝거리고 천지는 쥐 죽은 듯이 고요하였다. 바로 그 순간 게르의 출입구에서 하늘을 바라보고 있는 남자를 발견하였다. 그는 불면의 밤을 견디지 못하고 밖으로 나와서 외로움을 달래고 있는 것일까? 그는 한 마리 늑대가 되어 잃어버린 짝을 그리워하는 듯한 목소리를 토해 내고 있었다.

  첫날 울란바토르에 도착하여 민속공연장에서 들었던 어느 남자 가수의
흐미(Хөөмий)를 재생하는 것 같았다. 워어어어~ 워어어어~듣는 이로
하여금 애간장을 녹이고 심금(心琴)을 울리게 하는 장면이었다.

  P.S:몽골에는 흐미(Хөөмий)라는 독특한 창법의 노래가 있다. 성대 기
관을 단련시켜 목소리가 초원과 사막 멀리까지 들리게 하는 음악이다. 한
사람이 여러 가지 목소리를 내게 하는 창법도 있다. 주로 알타이산맥을
중심으로 발달되어 있다.

그리움은 채소처럼 푸르다

울란바토르 3차 의료봉사

몽골 울란바토르 의료봉사는 총 3회 실시하였으며 오늘은 2019년 3차 의료봉사 내용을 기록하였다. 몽골에 의료봉사를 가게 된 것은 현지 사정을 잘 알고 있는 지인의 도움을 받아 이루어졌다. 몽골은 칭기즈칸 시대에 세계를 제패하고 전성기를 이루었지만 지금은 1,564,116km의 면적으로 한반도의 7.4배나 땅이 넓고 인구는 2024년 기준 약 349만으로 한반도의 10분의 1가량이다.

몽골은 면적은 넓지만 사막과 황무지가 많으며 기후변화, 가뭄 등으로 초원, 숲 등이 사막화되고 호수, 강 등이 메말라 점점 더 환경이 열악해진 관계로 울란바토르 등 대도시로 인구가 집중하였다. 2019년 8월 4일(일) 오후 1시 5분 몽골 3차 의료봉사를 위해 김해공항에서 탑승하여 장도에 오르게 되었다. 몽골항공기는 기내에 TV 설치가 되어 있지 않았으며 국내 항공기에 비해서 실내가 좁고 탑승객이 174명이고 스튜어디스의 친절, 기내식사와 디저트는 다른 항공사와 비교해서 별다른 차이점이 없었다.

오후 5시경에 울란바토르 공항에 도착하였을 때는 장대 같은 비가 쏟아지고 있었지만 몽골민속공연장을 찾아가서 관람하였다. 민속공연장의 관객은 대부분 러시아, 중국, 유럽, 한국인 등이며 약 300여 명을 수용할 수 있었다. 몽골 전통의상을 입고 출연한 배우들이 다양한 형태의 연주와 볼

거리를 제공하였다. 특히, 몽골 전통가옥 게르 안에서 듣는 마두금(Morin Khuur) 연주는 두 개의 현을 가진 현악기로, 머리 부분에 말머리 장식이 있다.

마두금은 옆면 폭이 넓고 사용된 나무 두께가 얇다. 두 줄을 통해 온 세상을 표현하는 특성을 갖고 있으며 모든 몽골 국민 가정에 모셔져 있다. 마두금의 선율은 광활한 초원을 연상케 하며 흐미 창법과 피리 선율은 계속 흐르는 강물의 소리와 정경을 느끼게 하였다. 몽골인들은 찬가와 찬시를 통해 아버지는 하늘을 상징하고 어머니는 땅을 상징한다. 그날 몽골 남자 가수가 마두금 연주에 맞추어 흐미 창법이(Khuumii) 발성되어 특유의 목소리를 내며 서사민요를 불렀을 때 노래에 감탄한 관중들은 기립박수로 화답했다.

전통음악 흐미는 사람의 후두, 목, 위, 입천장 및 깊은 곳에서 높은 소리와 낮은 소리를 내는 노래인데 몽골 전통음악의 진수를 느낄 수 있었다. 민속공연을 관람하고 숙소인 로열호텔에 여장을 풀었으나 인근 지역 상수도 공사로 인해 온수 공급이 안 되었다. 작년 2차 의료봉사는 울란바토르 중심가의 4성 호텔에서 숙박하였으며 헬스클럽, 전문식당, 유흥시설도 갖추고 있었지만 오늘 숙박하는 호텔은 평범한 모텔 수준이었다.

8월 5일 오전 8시 정각에 첫날 의료봉사를 위해 국립 화학연구소로 출발하였으나 한국처럼 내비게이션을 사용할 수 없었으며 행인에게 길을 물어보는 어려움을 겪고 나서야 목적지에 도착하였다. 몽골 화학연구소의 팀장이 우리를 강의실로 안내하였으며 정각 10시부터 김동관 원장의 한방의료 강의를 30분 이상 진행하였다. 의료 강의 내용은 주방용 종재기 (사기그릇)를 사용해서 간, 위, 대장, 콩팥, 폐에 염증이 생겼을 때 관련된 신체 부위를 지속적으로 마찰하여 염증을 해소시키는 대체의학 강의를 하였으며 높은 관심도를 유발하였다.

통역은 몽골 대학교에서 한국어를 가르치는 젊은 여교수가 의료봉사가 진행되는 5시간 동안 몽골어와 한국어로 통역하였다. 화학연구소 시설은 낡은 콘크리트 건물로 내부 구조는 평범한 사무실이었지만 30대 연령층의 직원들은 백색 가운을 입고 각자의 연구실에서 열심히 근무하고 있었다. 국립 화학연구소에서 의료봉사를 마치고 오후 3시 30분경 늦은 점심을 먹기 위해 한국인이 경영하는 레스토랑에서 김치찌개, 된장찌개, 순두부백반을 주문해서 먹었는데 한국의 맛집과 비교해도 손색이 없었다.

몽골은 사료비가 비싼 이유로 돼지를 사육하지 않고 전량 중국에서 수입하는데도 불구하고 김치찌개 속에는 돼지고기가 푸짐하였다. 점심 식사 후에는 라마교의 총본산 간등사원을 구경하였으며 부처님 경전에서는 입장료를 지불해야만 기념촬영이 허용되었다. 간등사원 관람을 끝내고 울란바토르 시내 이태준 선생 기념관에 도착하였으며 굵은 빗줄기가 쏟아지는 가운데 파란만장한 애국자의 넋을 기리면서 묵념을 하였다.

대암 이태준 선생(1883~1921. 경남 함안 출생)은 '몽골의 슈바이처'로 불린다. 1911년 세브란스 의대를 졸업 후 울란바토르에 '동의 의국'이라는 병원을 열고 몽골에 만연해 있던 질병을 퇴치하였으며 몽골 마지막 왕인 보그스 칸의 주치의로도 활동하였다. 1919년에 몽골 정부로부터 '아르덴 오치라' 훈장을 받았다. 1921년 일본군이 섞인 러시아 군대가 울란바토르를 점령 시 살해당하였다.

2006년에 게르 형태의 기념관이 세워졌으나 파손되어 2009년 11월에 통나무집 형태의 기념관을 신축하였다. 우리들은 이태준 선생 기념관을 관람하고 한국 교민회장이 경영하는 레스토랑으로 직행해서 저녁식사는 양고기 볶음밥을 먹었다. 박호성 교민회 회장은 몽골에 이민 온 지 20년이 넘었으며 한국 교민이 울란바토르 시내에 약 3,500명 이상 거주한다고 밝혔다. 저녁식사를 마치고 김동관 원장과 김도현 한의사는 가이드의 안내를 받아 인근의 '평양관'으로 자리를 옮겨서 냉면을 시식하였지만 나는 곧바로 호텔로 가서 휴식하였는데 첫날과 달리 호텔에서 샤워꼭지를 틀었을 때 온수가 공급되어서 샤워를 할 수 있었다.

울란바토르의 밤 기온은 쌀쌀하였지만 주간의 피로가 누적된 탓으로 숙면을 취할 수 있었다. 둘째 날(6일) 아침 5시에 기상하여 온수 샤워를 마치고 오전 7시 정각에 호텔의 2층 레스토랑에서 아침식사를 하였다. 오전 8시에 호텔 로비에 집결하여 의료봉사하는 칭겔테구 12동 보건소를 향해 봉고차를 타고 출발하였다. 보건소 의료봉사는 오전 9시~오후 2시까지 실시하였으며 몽골정부의 총리실에서 보건소의 의사들과 미리 협의해서 결정한 것이다.

칭겔테구 12동 주민 의료봉사는 100명 이상을 진찰하고 침술로 치료하였다. 내원한 환자들은 양고기, 말고기 섭취로 인한 비만 환자 및 운동 부족에서 오는 성인병, 소화기 질환이 대부분이었으며 소화불량 환자에게는 약수한의원의 백중환(소화제)을 무상으로 지급하였다. 의료봉사 통역은 한국의 안동대학교 국비장학생이며 국어국문학과 석사과정에 재학 중인 앤·아노 다르(31세)가 전담하였다.

오늘 칭겔테구 12동 의료봉사를 실시한 장소는 보건소의 진료실에서 진행하였다. 김동관 원장은 한국에서 가져간 맥진기(한방 진단기)를 사용하려고 하였으나 전선이 절단되어 현장에서 사용할 수 없었다. 오후 2시경 보건소 의료봉사를 모두 마치고 총리실 보좌관의 입회하에 기념촬영을 하였으며 늦은 점심을 먹기 위해 한국 식당으로 가서 된장찌개 김치찌개 순두부 백반 등 각자의 취향에 맞게 한식을 먹었다.

의료봉사단은 점심 식사를 마치고 숙소로 직행하여 휴식한 다음 저녁 7시경 몽골 총리실에서 준비한 만찬에 참석하기 위해서 레스토랑으로 가는 동안 우천으로 인하여 왕복 2차선 도로에 수많은 승용차가 뒤엉켜서 움직일 수 없었으며 겨우 한 시간이 지나서야 빠져나올 수가 있었다. 평소에는 인도로 걸어가면 10여 분 거리지만 우천 시에는 교통이 혼잡하였다. 우리는 정해진 약속시간에 맞춰서 레스토랑에 도착할 수 있었던 것을 다행스럽게 여겼다.

레스토랑에는 아시아계 사람들과 유럽의 관광객들이 많았으며 실내음

악도 감미롭고 연인들끼리 행복한 미소를 짓고 있었다. 우리들은 비후 스테이크를 주문해서 먹었는데 한국의 고급 레스토랑에서 먹을 수 있는 쇠고기를 두 배로 먹을 수 있었다. 레스토랑에는 몽골 국무총리실 보좌관이 참석하여 김동관 원장과 김도현 한의사에게 의료봉사에 대한 감사를 표하고 감사장과 기념품을 전달하였다. 우리는 레스토랑에서 약 한 시간 이상 머물다 숙소인 호텔로 돌아와서 휴식을 취하였다.

8월 6일(화) 밤은 자정이 넘을 때까지 잠이 오지 않았으며 8월 7일(수) 아침에 일어나서 속이 불편하였기에 한 끼를 굶었다. 오전 8시 30분경 호텔 데스크에서 체크아웃(check out) 후 봉고차를 타고 한 시간 이상 달려가서 승마장에 도착하였다. 약 2시간 이상 초원에서 승마를 즐겼으며 칭기즈칸 동상을 배경으로 기념촬영도 하고 승마장의 편의점에서 편안한 휴식을 즐기고 있었다. 오후에는 가이드의 전화를 받고 마지막 의료봉사 장소인 앤·아노 다르(통역관)의 부모님이 거주하는 시골집을 향해 봉고를 타고 달려갔다.

출발한 지 약 한 시간 후에는 목적지에 도착하였으며 낭만적인 원두막에 빙 둘러앉아서 삶은 양고기를 술안주로 보드카를 마시고 점심 식사를 하였다. 저녁 7시부터 앤 아노 다르 일가친척 이십여 명에게 의료봉사를 실시하였으며 부모님은 감사의 뜻으로 보드카를 한 병씩 선물로 주었다. 저녁 10시경 의료봉사단과 가족이 원두막에 모여서 친선 노래자랑을 펼쳤으며 몽골의 전통가요와 대중가요를 경청하면서 황홀한 시간을 만끽하였다. 마지막 밤은 하늘의 별이 쏟아지는 장면을 바라보면서 타국의 정서에 매몰된 채 잠을 이루지 못하였다.

다음날 8일(목) 새벽 5시에 기상하여 봉고차를 타고 울란바토르 국제
공항에 도착해서 출국 절차를 밟고 몽골항공기를 탑승하였으며 오전 7시
30분 울란바토르공항을 이륙해서 5시간 만인 오후 12시 30분 김해공항에
도착하였다. 4박 5일간의 의료봉사를 무사히 마치고 귀국한 것을 기쁘게
생각하면서 영원한 추억으로 간직할 것이다.

위대(偉大)한 청력(聽力)

필자가 친목회에서 들은 얘기를 반신반의하면서 지면으로 사연을 전하는 것이다. 그는 결혼한 지 10년 동안 아들만 내리 셋을 낳았다. 아내는 미인으로 소문이 났었지만 아내가 미인이라고 해서 바람을 피지 않는다는 보장은 없었다. 그의 수상한 행동이 드러난 것은 갑자기 회사 일로 술자리가 많아지고 속옷에 화장품 냄새가 배는 일이 많아졌다. 어느날 화가 폭발한 아내의 추궁에 시달리던 남편은 자신의 외도를 이실직고하고 말았다.

그리고 차후로는 바람을 피우지 않겠다는 각서를 쓰게 되었으며 한 달 동안 자숙의 시간을 갖게 되었다. 그것은 잠자기 전에 무릎을 꿇고 앉아서 30분 동안 명상하는 것인데 바른생활의 덕목을 외우는 것이었다. 바른 생활의 덕목은 아래와 같다.
(1) 죽을 죄를 지었습니다.
(2) 용서하세요.
(3) 바르게 살겠습니다.
이상 세 가지였다.

그리고 명상하는 시간에는 아내가 시종일관 감독하였지만 남편은 마음속으로는 전혀 반성하지 않았다. 그가 눈을 감고 읊조리는 말은 첫째는

「내가 마음이 내키지 않은데 무슨 반성이고」두 번째는「내 마음대로 할 것이다」세 번째는「명상은 무슨 명상이고 피곤해서 눈만 감고 있다」라고 읊조리는 것이다.

그럴 때마다 아내가 남편의 태도가 이상하다고 말하면서 고개를 갸우뚱거렸는데 어느 날 갑자기 STOP!!을 외치면서 중단시키고 말았다. 아내는 엄격한 말투로 '지금 당신이 무슨 말을 했는지 맞혀볼까요'라고 하면서 남편이 입술 안에서 궁시렁거린 것을 줄줄 외우기 시작했다.

첫째는「내가 마음이 내키지 않은데 무슨 반성이고」두 번째는「내 마음대로 할 것이다」세 번째는「명상은 무슨 명상이고 피곤해서 눈만 감고 있다」라고 혼잣말을 한 그대로 통역하는 것이었다.

남편은 기절초풍하고 말았다 "한마디도 밖으로 말을 뱉지 않았는데 어떻게 들을 수 있었을까"라고 감탄하였다.

"또 한 가지를 맞혀 볼까요? 아내는 무섭다라고 말했죠? 당신이 꿈속에서 잠꼬대를 해도 나는 어떤 상황인지를 다 알고 있어요"라고 말하였다. 그는 아내가 사람이 아니고 귀신이라는 느낌이 들어서 두 손을 합장한 상태로 손바닥을 비비면서 용서를 빌었다.

그날 이후로는 남편이 명상할 때 헛소리를 하지 않았으며 꿈을 꾸는 일도 아내의 허락을 받아야 했으니 살아 있어도 산 목숨이 아니었다.

육체와 정신의 근육

그동안 인생을 살아오면서 가장 관심을 갖고 진행한 것이 무엇인지를 곰곰이 생각해 보았다. 물론 젊었을 때부터 먹는 일과 운동하는 시간에 관심을 쏟은 비중이 남달리 많았다. 외형적인 것이 인생의 목적이라고 말할 수는 없지만 비가 오나 눈이 오나 바람이 불어도 근력운동을 열심히 하였다.

교직에 있을 때도 학생들에게 육체의 건강과 정신적인 근육을 만들 것을 강조하였으며 그것은 유익한 학습이었다. 학창 시절에는 새벽 5시에 기상해서 가친과 함께 진주의 비봉산을 등산하였다. 처음에는 이렇게 힘든 운동을 왜, 하는 것인지 이해할 수 없었지만 수개월 이상 지속한 후에는 하체 근력이 강해지고 체육시간에도 다른 학생에 비하여 운동능력이 앞서는 것을 체험하였다.

'운동'을 실천하는 사람들은 건강한 삶을 영위할 수 있지만 게으른 사람들은 체력단련을 회피하는 경향이 있다. 택시를 타고 가다 기사와 대화를 통해 '운동하십니까'라고 물어보면 '예'라고 답변하는 분들의 얘기를 들어보면 긍정적인 사고방식과 활력을 느낄 수 있다.

그러나, 운동하지 않는 기사들의 태도는 부정적인 경향이 있다. '운전도

그리움은 채소처럼 푸르다

피곤한데 운동을 왜? 합니까'라고 반문한다. 그분들은 자신의 고정관념을 바꾸지 않으면 운동하는 것이 쉽지 않을 것이다. 평소에 운동하는 기사들은 성격이 밝고 컨디션이 좋다고 말한다. 또한, 운동을 통해서 정신적인 근육을 만들었으며 불안을 이겨 내는 힘을 얻었다고 말한다.

정신적인 근육은 분노를 폭발하거나 욱하는 감정을 억제하는 일에 기여할 수 있다. 그것은 무조건 참는 인내라기보다는 잘못된 선택을 사전에 예방할 수 있는 판단력을 기르는 것이다. 불편한 상황에서 건전한 판단력을 가질 수 있는 사람은 정신적으로 강한 사람이라고 생각한다.

한 가지 예를 들자면 좋은 환경에서 성장하였지만 부모의 과잉보호로 학교생활에서도 적응하지 못하고 왕따를 당하는 학생은 정신적인 근육을 만들어야 조화로운 인간관계를 유지할 수 있다. 일례를 들자면 대학에 진학하여 기숙사 생활에서 동기와 마찰을 빚고 자퇴를 하였다는 학생은 인내심이 부족한 것을 지적하지 않을 수 없다.

안타까운 부모의 입장에서는 자립심을 길러주기 위해 알바를 시켜보았지만 며칠을 버티지도 못하고 일터에서 쫓겨나기 일쑤였다. 정신력이 약한 사람은 인내의 힘을 끌어올리는 영혼의 근육을 만들어야 할 것이다. 마라톤 경주에서도 끝까지 완주할 수 있는 인내가 중요하다.

부모는 배운 것도 적고 평범하였지만 자식들은 하나같이 똑똑하고 공부를 잘한다는 얘기를 들은 적이 있다. 학원 과외를 한 번도 시키지 않았는데 전교 수석을 하는 아이들 이야기도 있다. 집안이 가난해서 삼시 세 끼 식사 외에는 간식도 제대로 먹을 수 없으며 감기 몸살에 걸려도 '학교에 가서 죽어라'고 내쫓는 아이들이 내성을 길러서 몸도 정신도 튼튼해졌다는 이야기도 있다.

정신적 육체적으로 허약한 사람들이 홀로 설 수 없는 원인을 깨달아야한다. 조금만 힘들어도 견뎌내지 못하는 원인은 무엇일까? 그것이 물질만능주의 현상에서 비롯된 것인지? 정신적 결함인지? 외부의 환경 탓인지? 부모의 잘못인지? 학교 교육의 잘못인지? 사랑받지 못함인지? 여러 가지이유들을 잘 파악해서 대책을 강구해야 할 것이다.

성공이란 무엇일까? 물질, 명예, 권력, 외형적인 것이라고 생각하는가? 인생을 바라보는 가치는 개인의 차이가 있을 줄 믿는다. 어떻게 살아야행복할 것인지는 자신이 선택하지만 한 가지 분명한 것은 공기와 물이 없으면 살아갈 수 없듯이 건강한 신체와 올바른 판단을 잃은 사람은 현실에적응할 수 없다는 점을 명심해야 한다.

그리움은 강물처럼 흘러간다

일기

2010년 12월 27일 정오에 친구의 아들이 결혼하는 날이다. 바람이 차고 쌀쌀한 날씨여서 상의 양복에 머플러를 걸치고 반코트를 착용하고 지하철을 향해 걸어가는데 횡단보도 앞에서 적색등이 켜진다. 휴대폰으로 시간을 확인한 결과 11시 10분이다. 혼주에게 축하의 말을 건네려면 예식장에는 30여 분 일찍 도착해야 한다는 생각으로 신호등이 바뀌자 말자 속보로 횡단보도를 건너고 지하도 계단을 뛰어서 내려가는데 바짓가랑이가 신발 뒤축에 걸려서 하마터면 넘어질 뻔하였다.

평소에 헬스도 하고 등산한 보람이 있어 운동신경이 살아 있다는 것을 증명하였다. 개찰구를 지나 승강장으로 내려가는 계단에서 열차가 들어오는 신호음이 들린다. 조금 전에 일어난 일을 기억하지 못한 채 또 뛰어서 내려갔지만 역시 무사히 통과였다.

해운대역에서 하차하고 개찰구를 통과하여 13층 예식장 사무실에 들러서 "축 결혼(祝 結婚)"봉투에 부조금을 넣은 다음 혼주를 찾아가서 정중하게 인사를 나눌 수 있었다. 시간에 쫓기면 실수를 유발한다. 이미 결혼식장 안에는 동기들이 좌석에 앉아서 대화를 나누고 있었다.

친구 한 명이 일어나서 악수를 청하면서 "당신 글을 읽으면 재미가 있소"라고 칭찬하는 바람에 속으로는 기분이 좋았다. 칭찬은 고래도 춤추게 한다는 말에 익숙한 듯하다. 결혼식의 주례는 한국수필가협회 정목일 회장이 맡아 구수한 입담으로 시종 청중의 귀를 집중시키는 능력을 발휘하였다.

주례사의 내용은 자비로운 마음으로 서로 사랑하고 아끼는 부부가 되기를 당부하였다. 결혼식 중에 양가 부모님께 신랑신부가 인사하는 순서가 있어 자세히 관찰해 보니 신랑의 하체가 진주 촉석루 기둥 나무처럼 굵고 튼튼하여 자식농사는 풍년일 것이라는 예감이 들었다.

결혼식을 마치고 원탁에 둘러앉아 식사를 하였으며 한 명의 친구가 어부인을 동행해서 부부의 금슬이 최고라고 칭찬하였다. 오십 세까지는 고교 동기회를 개최하면 부부동반하는 일이 흔하였지만 예순(六十)부터 아내를 동행하는 풍경이 드물었다.

그 이유는 부부동행이 젊은 시절만큼 재미가 없어서 그럴지도 모른다. 오늘 부부동행한 동기는 좀 멋쩍은 표정을 짓고 있었다. 그러나 한편으로는 금슬이 좋은 부부라고 칭찬하는 사람들도 있었다. 예식장에 참석한 친구들 중에는 부부생활을 계속한다는 사람들도 있었지만 일부는 각방을 쓴다고 말하였다.

현장에서 여론조사를 하고 싶었지만 남의 사생활을 검증하는 자리가 아니어서 친구들과 작별의 인사를 나누고 지하철역으로 직행하였다. 귀가하는 지하철 속에서 "부부금슬의 진실은 당사자들만이 알고 있다"라고 자문자답하였다. 그런데, 무슨 이유인지는 알 수 없으나 웃고 싶은 충동을 느끼게 되었다. 나는 종착역에 도착할 때까지 두 눈을 감은 채 미소를 짓고 있었다.

그리움은 채소처럼 푸르다

제자

　오늘은 경기도 용인시에서 생활하고 있는 제자가 우리 집을 방문하였다. 그는 일 년에 한 번씩 찾아와서 스승에게 식사를 대접하거나 용돈을 주고 가는 것이어서 마음속으로는 아들처럼 여기게 되었다. 필자가 80년도에 김해농고에서 씨름부를 창단해서 선수들과 숙식을 함께 하였다.

　오늘 이야기의 주인공은 2남 1녀의 막내로 집안 일과 농사를 돕고 있었는데 씨름을 반대하는 아버지가 학교로 찾아와서 씨름을 시키지 말라고 강력하게 항의하였지만 자식의 장래를 생각하라고 설득하였으며 김해농고를 졸업하고 용인대학교 체육과로 진학하였다. 제자는 대학을 졸업할 때까지 건설현장에서 아르바이트를 해서 생활비와 학비를 조달하였으며 부모로부터는 일체의 금전적 지원을 받지 않았다.

　졸업 후에는 학사장교로 임관하고 만기전역한 후에는 어린이집 원장과 결혼하였으며 유명 제약회사 직원으로 50세까지 재직하였다. 그의 자녀는 26세, 28세, 32세로 모두 대학을 졸업하였으며 직장 생활을 하고 있다. 막내아들이 학교생활에 적응하지 못하고 중퇴하였을 때 도서실 근처에 방을 얻어 주고 독립할 것을 권유했으며 그것은 자신이 용인대학교 재학 시절에 주경야독한 정신력과 자립심을 아들에게 심어준 것이었다.

막내아들도 아르바이트를 해서 고등학교 검정고시에 합격하였다. 아들 세 명은 모두 육군에서 만기전역하였으며 취업할 때까지는 6개월 동안 숙식을 제공하지만 그 이후는 분가해서 자립하도록 하였다. 그리고 전공이 현실적으로 도움이 되지 않으면 지금까지 배운 것을 무시하고 새로운 기술을 배우도록 권장하였다.

장남과 차남은 용접과 자동차 정비기술을 습득하기 위해서 학원에 등록하여 자격을 취득하고 중소기업에 취업하였다. 그는 제약회사에 다닐 때는 골프를 쳤으며 상당한 수준의 기량을 갖추고 있지만 퇴직한 후에는 일체 골프장에 출입하지 않았다.

자신의 분수에 맞게 생활한다는 철학이 있었다.

그는 어떤 직업을 선택해서 여생을 보낼 것인지를 고민한 끝에 처음에는 자동차 정비기술에 도전하였지만 적성에 맞지 않아서 포기하고 대형 운전 자격을 취득해서 시내버스기사로 직종을 변경하게 되었다. 그가 생각하는 인생은 나이를 먹은 스승보다도 안목이 높았다.

그의 아버지는 이미 9년 전에 노환으로 타계하였으며 어머니는 대구, 경산, 경주의 요양병원에서 십여 년 동안 입원하였으나 금년에 별세하였다. 그의 형과 누나도 결혼해서 독립하였지만 형편이 어렵다는 구실로 아버지와 어머니에게 경제적인 도움을 주지 않아서 그가 모든 생활비와 비용을 지원하였다.

그리움은 채소처럼 푸르다

제자가 학창시절에는 산과 들을 누비고 다니면서 소, 염소, 토끼에게 먹일 풀을 집으로 운반하였던 경험을 잊지않고 있었다. 제자가 고난과 역경을 이겨내고 떳떳하게 살아가는 이야기를 들으면서 나는 교직에서 종사한 보람을 느끼고 있었다. 그가 앞으로도 더 많은 성공을 거둘 수 있다고 믿으면서 건강과 행복이 충만하기를 기원한다.

중학교 동기

오늘은 정오에 중학교 동기를 만나서 장산을 트레킹하는 날이다. 폭염에 습도가 높아서인지 장산 가는 길목에 등산객의 모습이 드물었다. 우리는 개울 쪽을 선택해서 걸어가는데 계곡을 흘러가는 물소리가 맑고 시원하게 느껴져서 잠시 걸음을 멈추고 나무의자에 앉아서 대화를 나누었다.

처서도 지나갔는데 가을 속의 폭염이 길어지고 있다. 나는 정미조의 「개여울 가사를 떠올려 본다.

당신은 무슨 일로 그리합니까/개여울에 주저앉아서/파릇한 풀포기가 돋아 나오고/잔물이 봄바람에 헤적일 때에/가도 아주 가지는 않노라시던/약속이 있었겠지요/날마다 개여울에 나와 앉아서/하염없이 무엇을 생각합니다/가도 아주 가지는 않노라심은/굳이 잊지 말라는 부탁인지요

장산에서 내려오는 등산객이 우리곁을 지나가기에 곁눈질해서 바라보니 숨결도 가쁘고 땀에 젖은 모습이 힘들어 보인다. 우리는 장산체육공원을 등산하는 계획을 수정해서 호수를 한 바퀴 돌고 식당으로 직행하였다. 누가 먼저 식당으로 가자고 제안한 것은 아니지만 이심전심으로 일치하였다.

그리움은 채소처럼 푸르다

여의도순복음교회 입구에 있는 불고기 전문점을 찾아가서 전골과 냉면을 주문하고 대기하던 중에 직원이 손수레를 밀고 오면서 버너에 올려진 프라이팬이 넘어지는 사고가 발생하였다. 여직원이 당황해하는 표정을 짓고 엎질러진 음식은 다시 주방으로 들어가서 교체하였다. 전골의 쇠고기를 익히고 그릇에 배분하는 역할은 언제나 친구의 몫이다. 그는 커피숍에서도 주문한 커피를 쟁반에 받쳐서 들고 오거나 빈 잔을 데스크로 반납하는 일을 솔선수범한다.

별거 아니라고 생각할 수도 있지만 쉽지 않은 수고라고 여겨진다. 거기 식당을 출입한지도 오래되었으며 초창기에는 여주인의 자태가 새 신부처럼 젊고 앳돼 보였으나 이제는 중년의 나이가 되었음을 느끼게 한다. 식사 후에는 농협 맞은편에 위치한 커피점에서 카페라테를 한 잔씩 마시고 휴식 중인데 또래의 노인들이 대화를 나누고 있었다.

그들은 대부분 할머니이며 청일점 할아버지가 탁자 위로 커피를 쏟는 바람에 할머니들이 휴지로 닦아 내는 소동이 벌어져서 관심을 갖고 바라보았다. 우리가 저런 장면을 연출하였다면 구경꾼의 소감이 대동소이하였을 줄 믿는다.

바깥을 바라보니 아직은 폭염의 열기가 기세등등하지만 커피숍의 휴식은 끝내기로 하였다. 오늘 중학교 동기와 산책한 시간은 즐겁고 행복하였다. 나는 일상이 무료하지 않고 재미있게 흘러가기를 바라면서 헬스장으로 발걸음을 옮기고 있었다.

진주 남강과 씨름 장사

남강은 어린 시절부터 늘 내 곁에서 푸른 꿈과 희망을 간직한 채 흘러가고 있었다. 남강은 성장과정에서 가장 많이 접하였으며 유유히 흘러가는 강물을 바라보면서 낭만과 문학의 감성은 익어 가고 있었다. 초등시절에는 친구들과 남강에서 어항을 놓고 물고기를 잡았으며 쌀쌀한 가을 날씨에도 발가벗고 멱을 감았다.

한여름 달밤에는 건달들이 남강에서 목욕하는 여성들을 훔쳐보기 위하여 백사장에 엎드려 망을 보고 있었지만 달빛 속에 움직이는 나신을 구경하는 일은 쉽지 않았다. 남강의 물을 물지게에 짊어지고 팔러 다니는 물장수도 있었으며 아낙네들은 한겨울에도 남강의 돌팍 위에서 빨래를 하고 언 손을 입김으로 혹혹 불어대는 모습을 볼 수 있었다.

남강둑 아래 모래밭에서는 진주 농고, 해인고, 진주고 학생들이 뒤섞여서 씨름을 하였으며 동계훈련은 촉석루 의암바위 근처의 백사장에서 팬티만 입고 훈련하였다. 초보 씨름꾼들은 아버지가 경영하는 대안동 동아피혁상에 들려서 한 말짜리 주전자에 물을 가득 채워서 운반하였으며 삼십여 개의 샅바가 들어 있는 가죽 가방을 옮겨야 했다.

추석 명절에는 남강 백사장에서는 전국장사씨름대회를 개최하였으며 그 시절에는 씨름이 최고의 인기를 누리고 있었다. 한국 씨름계를 주름잡

그리움은 채소처럼 푸르다

은 양유식 장사는 전국 대회 250여 회의 우승 기록을 남긴 진주 씨름의 대부였다. 양유식 장사는 20세 때 대구 씨름의 거목인 나윤출 장사를 단신으로 찾아가서 씨름 기술을 전수받고 씨름의 이론을 설계하였다.

남강 둑과 모래밭은 사시사철 데이트 장소로 이용하였으며 철교 건너 울창한 대밭 속에서는 청춘 남녀의 로맨스가 불타오르는 장소였다. 이제, 그날의 주인공들은 원로가 되었거나 유명을 달리하였지만 남강의 추억은 사라지지 않을 것이다. 진주 씨름을 빛낸 장사들의 근황을 소개한다.

강두만 장사는 몇 해 전에 별세하였으며 장남은 밀양에서 교편을 잡았다. 차남은 통영에서 산부인과를 운영하였는데 부산으로 병원을 이전하였다는 소식을 들었다. 강두만 장사의 절친인 김학성 장사는 고성에 밤농장을 가꾸고 다리가 불편해서 지팡이를 짚고 다닐 때 만난 적이 있었다. 김사문 장사는 원지 출신으로 김학성, 강두만 장사와 비슷한 연령대이고 부산에서 경찰직 공무원으로 재직하였으며 태종대 파출소장을 끝으로 퇴직하였다.

김상찬 장사는 대구로 이사하였지만 소식을 알 수 없으며 양태식 장사는 부산 대표 선수로 이름을 떨쳤지만 오래전에 별세하였다. 정일태 장사는 경전여객 부산지역 소장일 때 만난 적이 있으며 그날 이후로는 소식이 끊어졌다.

필자의 진주고 동기 이중근은 동아대학교 씨름부 감독과 LG 씨름단 초대 감독, 기장군 씨름단 감독을 역임하였으며 지금은 원로의 자리에서 활동하고 있다. 해인고 출신 전재성(작고)은 LG 씨름단 2대 감독을 역임했으며 여러 해 전에 지병으로 별세하고 그의 장형인 전두원 장사는 아직도 건재하며 모친이 별세했을 때 진주에서 상봉하였다.

경량급 선수인 강창갑 장사는 강두만 장사의 친조카이며 금성초등학교 진주 농고를 졸업하였다. 고교 시절에는 축구 선수로도 두각을 나타내고 남강문학협회 정재필(혜림) 회원과 동년배이다. 강두만 장사가 부산시경에 재직할 때 정재필 회원이 부산역에서 양아치들과 시비가 붙었을 때 도움을 받았다고 회고한 적이 있었다.

진주를 출향한 씨름인 원로들이 부산에서 모임을 갖고 교류하였으며 필자가 2010년~2015년도에 온종합병원 부설 한국건강대학에 재직할 때 강두만 장사, 김학성 장사, 차수길(부산진시장 번영회장 역임) 씨 등 친목 회원 10여 명이 격려차 다녀간 적이 있었다.

그들은 현재 90세 이상이고 거의 사회활동을 접은 상태이다. 후손들은 각계각층에서 활동하고 있지만 씨름인으로 활동하는 후손들이 드물어서 인터뷰할 기회가 없었다.

그리움은 채소처럼 푸르다

진주시 옥봉동 476번지

진주시 옥봉동 476번지에서 할아버지, 할머니와 손주들이 붙어 살았다. 금산이라는 민둥산 아래 대나무숲이 우거진 양철지붕의 세 칸짜리 방에서 살았다. 장독대에는 열개의 장독이 있었으며 포근한 햇살이 빛나고 있었다. 아침마다 바람이 불면 들꽃이 피었으며 남새밭에는 배추, 상추, 쑥갓, 고추, 오이, 옥수수, 아주까리, 가지, 호박, 들깨가 자라고 있었다.

할머니집으로 들어가는 입구에는 첫번째 대문이 있었으며 나무 판대기를 엮어서 만들었기 때문에 소슬바람이 불어도 삐걱거리는 소리를 내고 있었다. 거기서부터 좁은 담벽을 끼고 걸어가면 어른 키보다도 더 높은 대문이 있었다. 간혹 안에서 빗장을 걸어 문이 잠겨져 있을 때는 담장을 넘어서 집안으로 들어갈 수 있었다.

대문 안으로 들어서면 열개의 좁은 계단이 마당으로 연결되었으며 계단 좌측에는 창고가 있고 삽, 곡괭이, 호미, 낫, 쇠스랑 같은 농기구와 온갖 잡동사니를 보관하였다. 마당 한가운데는 오래된 감나무가 있었으며 주간에는 까치와 참새들이 옹기종기 모여서 생활하고 야간에는 부엉이와 올빼미가 찾아와서 주도권 다툼을 하고 있었다.

남새밭 주변은 직사각형으로 담벽을 쌓았으며 잡초와 이름모를 꽃들이 피고 벌들이 날아 다녔다. 금산으로 올라가는 길목에는 묵정밭이 있었으며 할아버지는 똥장군을 짊어지고 오르내리셨다. 사범학교를 졸업하고 교편을 잡은 숙부님은 대청마루에서 구두에 징을 박아 탭댄스를 시도때도 없이 추는 바람에 마루바닥은 비스듬하게 기울어진 상태였다.

나도 무료할 때는 대청마루에 서서 남인수의 노래 '진주라 천리길'을 불렀으며 멀리 보이는 옥봉동 도로를 바라보고 있었다. 큰방은 할머니, 나, 바로 밑의 남동생과 함께 셋이서 기거하였으며 가운데방은 할아버지가 계셨고 작은방은 숙부님이 사용하였지만 비었을 때가 많았다. 그 시절에는 무더위를 식히기 위해서 대나무숲에 멍석을 깔고 누워 있으면 저절로 잠이 들었다.

그리고, 저녁에는 천정에서 쥐들이 요란하게 소란을 피우는 통에 밤잠을 설쳤으며 할머니는 쥐들을 쫓아내기 위해서 막대기로 천정을 열심히 두드렸다. 또한 수풀이 우거진 환경 탓으로 들고양이, 쪽제비, 쥐, 뱀, 지렁이, 거미, 지네, 그리마(쉰발이), 노린재, 말벌, 메뚜기를 흔하게 볼 수 있었다.

흔히, 장독대에서 출몰하는 능구렁이는 된장독 안에서 발견되거나 지붕을 타고 올라간 적도 있었으며 천정을 뚫고 방으로 들어온 적도 있었다. 우리동네에는 공동우물이 있었는데 두레박으로 물을 길어 올려서 물지게로 옮겨 식수로 사용하였다. 어느 날, 공동우물의 길목에서 갑자기 달려든 똥개에게 물리고 광견병 예방접종을 여섯 대 이상 맞은 적도 있었다.

공동우물가 근처에 살고 있는 혜정이네 집은 항상 문이 잠겨져 있어 이쁜 얼굴을 볼 수 없었던 것이 아쉬웠다. 나는 물지게를 지고 뒤뚱거리면서 걸어가면 물은 절반 이상 쏟아지고 바지는 흥건하게 물에 젖고 말았지만 조금도 개의치 않고 까르르 웃고 지내던 시절이었다.

가끔은 어른들이 언성을 높이고 싸우는 일도 있었지만 그때가 그리워진다. 마음 같아서는 타임머신을 타고 옛날로 돌아가고 싶어도 할머니 집터에는 교회가 들어선지 오래이다. 세월은 강물처럼 덧없이 흘러갔어도 진주시 옥봉동 476번지의 추억은 우주의 별빛처럼 빛나고 있다.

찔레꽃의 추억

진주시 옥봉동 금산 아래에 위치한 할머니 집에는 4월~5월 경에 찔레꽃이 흐드러지게 피어 꽃밭의 물결을 이루었다. 금산은 6.25 전쟁 후에는 벌거벗은 야산으로 변모하였지만 매년 식목일에는 시민단체와 주민들, 학생들이 나무 심기를 지속적으로 전개하여서 지난 2017년부터 〈금산 근린공원〉이 조성돼 인근 지역민들의 몸과 마음을 힐링하는 산책코스로 자리매김하였다.

어린 시절 옥봉동 금산으로 진입하는 길은 여러 갈래가 있었다. 구옥봉남동, 옥봉북동 경계지역인 사이고개(씨앗고고개), 보리당 고개, 연화사(蓮華寺), 봉래초등학교 입구, 향교 쪽에서도 금산으로 진입할 수 있었다. 참고로 향교 쪽에서 시내 쪽으로 넘어오는 고개는 "씨앗고개"라 했고, 시내에서 향교 쪽으로 넘어가면 "떡전골 고개"라 했다.

"보리당 고개"라는 말은 고개 모양이 보릿대를 쌓아 둔 뭉치처럼 생겼다고 하여 "보리당"이라 하였고 또한 "보리당고개"라고도 하였다. 또 나막신을 신은 자가 얼어 죽은 고개라 하여 "나막신짝 고개"라 하였지만 그 유래는 희미한 전설로 거론되고 있다. 섣달 스무 이튿날 나무로 만든 신을 신은 소금장수가 이 고개를 넘다 매우 추워서 동사했다는 뜻인데 그 연도와 장소는 확실하지 않다.

그리움은 채소처럼 푸르다

1960년대 금산의 중턱에 설치한 체육도장에서는 하루 종일 운동하는 청장년들로 혼잡을 이루고 있었으며 복싱, 역도 등 국가대표급 선수들도 탄생하였다. 그 시절에는 금산으로 올라가는 길목에서 찔레나무를 흔하게 발견하였으며 할머니 집 담벼락에도 찔레꽃이 널브러져 있었다. 어느 날 할머니는 찔레꽃을 유심히 바라보는 손자에게 무슨 생각을 그렇게 골똘하게 하는지를 물어보았다.

손자는 '외로워요'라고 고백하고 싶었으나 아무 말도 하지 않았다. 그것은 어머니와 헤어져서 생활하였기 때문에 늘 모정에 굶주렸던 것이다. 나는 텅 빈 가슴을 달래기 위해서 찔레꽃의 향기에 한없이 취하고 싶었다. 하지만 할머니 앞에서는 속마음을 들키지 않으려고 한 발자국 뒤로 물러선 채 바라보고 있었다. 그러던 어느 날 할머니는 찔레꽃에 얽힌 서민의 애환을 들려주셨다.

춘궁기에 식량이 부족할 때는 찔레순을 따서 간식으로 먹었다고 귀띔해 주셨으며 푸른 새순을 꺾어 껍질을 벗겨서 건네주시기에 먹어 보았더니 달콤하고 쌉쌀한 맛을 지니고 있었다. 찔레나무의 새순을 먹어본 것은 처음인데 우울한 분위기에서 벗어나는 계기가 되었다. 며칠 후에는 변두리 초등학교에서 교편을 잡고 계시는 숙부님이 할머니 집으로 오셨을 때 예전과 다름없이 술심부름을 시키는 것이었다.

숙부님은 애주가인데 즐겨 마시는 술은 주로 막걸리였다. 나는 한 되짜리 주전자를 들고 옥봉동의 꼬불꼬불한 골목길을 숨차게 달려가서 막걸리를 구입하는 일에 숙달되어 있었다. 숙부님은 성질이 급하신 편이여서 술심부름을 할 때는 시간을 재는 일도 있었다. 그러나 조카는 불만이 있어도 내색을 하지 않았으며 숙부님의 비위를 맞추기 위해서 고분고분하게 순종하였다.

하지만 술심부름의 장점도 있었다. 그것은 주전자 속에 가득 채워진 막걸리를 한 모금씩 홀짝홀짝 마시면서 집으로 돌아오는 길이 싫지 않았다. 지금도 그날의 막걸리 맛을 기억하고 있다. 달짝지근하고 텁텁한 막걸리가 목젖을 타고 위 속으로 내려가는 순간의 쾌감을 말한다. 때로는 숙부님이 막걸리 양이 조금씩 줄어드는 것 같다고 의심하였지만 나는 이실직고하지 않았다.

어느 날은 숙부님이 약혼녀와 동행하여 대청마루에 앉아서 대화를 나누었으며 예전처럼 조카에게 술심부름을 시켰다. 그날은 술 주전자를 들고나갈 때 숙부님이 수고비로 팁을 주셨기에 신나게 술심부름을 하였으며 귀가하는 과정에서도 막걸리를 한 방울도 마시지 않았다. 그 이유는 '오는 정이 있어야 가는 정이 있다'라는 속담을 실천에 옮겼을 뿐이다.

숙부님은 주말에는 할머니 집에서 휴식을 취하고 학교로 복귀하였으며 약혼자와 동행할 때는 자신의 주특기인 탭댄스를 시연하였다. 그리고, 남인수의 노래를 여러 곡 불렀으며 에너지가 많이 소진된 날은 술심부름을 두 번 이상 시킬 때도 있었지만 나는 불평하지 않고 임무를 완수하였다. 숙부님의 특별한 기호를 소개하자면, 4월 이후에 찔레꽃이 피는 시기에는 찔레나무의 가지를 꺾어서 새순의 껍질을 벗기고 술안주로 하였다.

숙부님이 찔레나무 새순을 먹는 것은 할머니에게서 전수받은 것이라고 짐작되지만 확실하게 단정할 수는 없다. 숙부님은 진주사범을 졸업한 엘리트로 유식하였기 때문에 동의보감을 읽었을지도 모른다. 오늘날 전문가들의 설명에 의하면 찔레꽃에는 풍부한 식이섬유가 함유되어 있으며 몸 안의 독소를 배출하고, 대변의 부피를 증가시켜서 장의 연동운동을 활발하게 만들고 장 내의 독소와 콜레스테롤, 당분 등을 함께 흡착해서 대변으로 배출하는 효능이 있다고 한다.

지금은 옥봉동 금산 아래 할머니 집터에는 교회가 들어선 지 오래이며 어른들도 유명을 달리하게 되었으니 찔레꽃의 추억도 아득한 전설이 되고 말았다.

8.

그리움은 채소처럼 푸르다

참새 눈물

아버지는 진주시 대안동에 2층 건물을 신축해서 1층은 각종 양화 재료를 진열한 피혁상을 경영하였으며 2층에는 침실과 거실로 사용하였다. 우리 집 좌측에는 은하 그릇도매상 우측에는 삼화 제과공장, 맞은편에는 삼화 지업사와 성림 건재상이 있었다. 그리고 중앙시장 입구의 '공중화장실' 부근에는 10대 후반의 구두닦이들이 5~6명이 모여서 열심히 구두를 닦고 있었다.

그들은 수시로 구두약을 구입하려고 가게를 들락거렸으며 장미꽃처럼 아름다운 새어머니가 낮잠을 자면 금고를 훔쳐가는 일도 있었다. 금고는 미군부대에서 흘러나온 철제 탄약통을 사용하였는데 이웃의 말에 의하면 구두닦이들이 가게 안의 동태를 살핀다는 것이다.

금고 분실이 발생한 이후에는 시골에서 올라온 소년을 점원으로 채용하였지만 잠이 많아서 도둑을 감시하는 일에 전혀 도움이 되지 않았으며 거래처에서 주문한 물품을 다른 양화점으로 배달하였다. 어느 날은 약국에 가서 박카스를 사 오라고 심부름을 보냈는데 걸어가는 동안 잊어버리고 활명수를 구입하는 일도 있었다.

아버지가 가게에서 계모임을 할 때 '참새 눈물' 시리즈를 들려준 적이 있

그리움은 채소처럼 푸르다

었다. 줄거리는 참새의 자녀들이 전깃줄에 앉아서 놀다가 감전되거나 추락해서 사망하는 날에는 부모가 대성통곡을 하는데 그때 어미 참새가 흘리는 눈물이 만병통치약이라고 설명하였다. 그것은 아버지가 창작한 유머(humor)이며 현장에서 경청한 사람들은 진짜로 '참새 눈물'을 구매하겠다는 의사를 밝히는 사람도 있었다. 그때 점원이 한 손을 들고 자리에서 일어나더니 '제가 약국에 가서 구입하겠습니다'라고 심부름을 자청하였다.

그리고 아버지로부터 천 원 지폐를 받아 인근의 약국으로 달려가서 '참새 눈물'을 달라고 하였지만 약사가 『최신 상품』이라고 하면서 '증류수'를 판매하였다. 점원은 『참새 눈물』을 구입한 것을 자랑하기 위하여 숨 가쁘게 뛰어서 가게에 도착하였다. "사장님, 최근에 나온 참새눈물입니다"라고 자랑하여서 아버지는 놀라움을 금치 못하였다.

훗날 점원은 양화점에서 수제화 만드는 일을 배웠으며 직원들로부터 〈참새 눈물〉은 유머라는 사실을 확인하고 자신의 어리석음을 뉘우치게 되었다.

첫사랑

아지랑이 아른거리는 봄날에도 할머니집 대나무 숲속에서 부는 바람은 어김없이 찔레꽃 향기를 코끝으로 전하였다. 초등학교 시절 학교에서 귀가하면 무료한 시간을 참을 수 없어 책가방을 마루 위에 내던지고 할머니 집 주변에 자생하는 찔레꽃을 바라보고 있었다.

어느 날부터인지 알 수 없지만 할머니 집에서 좀 떨어진 곳에서 살고 있는 키가 크고 눈빛이 햇살처럼 따스한 여학생이 마음을 사로잡고 있었다. 아침 등굣길에 그녀의 집 앞을 지나갈 때는 혹시 만날지도 모른다는 기대감에 들떠서 가슴이 두근거렸다. 때로는 그림자처럼 살며시 지나가는 고양이 발자국 소리에도 귀를 기울이고 있었다.

그녀의 집은 골목길 안쪽으로 조금 들어가서 담장이 높은 집이었는데 간혹 집안의 동정을 살피면서 막연하게 기다리고 있었다. 나는 부끄러움이 많았기에 그녀를 마음속으로 동경하였을 뿐이며 실제 행동으로 옮겨서 말을 걸어본 적은 없었다.

나의 머릿속에는 그녀가 나비처럼 훨훨 날아다니고 있었는데 할머니가 눈치를 챈 것인지 남녀 칠 세 부동석(男女 七歲 不同席)이라는 유교의 사상을 강조하였다. 그리고, 머리에 피도 마르지 않은 놈들이 계집애들 뒤를 따라다니면 장래가 불을 보듯이 뻔하다고 말하였다.

초등학교 5학년에 올라갔을 때 그녀의 가족이 서울로 이사를 갔다는 소식을 접하게 되었으며 할머니의 주의사항인 '남녀 칠 세 부동석'이라는 말도 멀리 사라지고 말았다. 그리고 다행스러운 것은 더 이상 그녀의 집을 찾아가서 서성거리거나 내부의 동정을 살피면서 시간을 낭비할 필요가 없게 되었다.

그녀가 서울로 이사 간 뒤로는 찔레꽃 향기도 감흥이 줄어들고 시선을 끌지 못하였다. 훗날 그녀가 명문 대학을 졸업하고 부잣집 아들과 결혼해서 여류 인사로 활동한다는 얘길 동갑내기 친척으로부터 전해 들었을 때 찔레꽃 향기를 새삼스레 떠올리게 되었다.

지금은 할머니 집 터에 교회가 신축되었으며 '금산'도 많이 변했을 줄 믿는다. 인간은 첫사랑의 이야기를 가슴 속에 묻어두고 풍경처럼 감상하는 것일지도 모른다. 어린시절 찔레꽃 향기에 취해서 황홀하였던 감정을 한 편의 글로 담아내기란 기억의 한계를 느끼지만 봄바람에 찔레꽃의 향기가 코끝을 스치고 지나갈 때의 여운은 아련하였다.

어린 시절 내 마음을 흔들었던 찔레꽃의 향기가 다시 살아난 것을 기쁘게 생각하면서 글로 옮겼다.

청국장 집 할배

낙동강 하구언 둑이 바라보이는 곳에서 소방도로를 끼고 주택가 밀집지역 안쪽으로 접어들면 코너에 청국장 집이 있다. 나는 청국장 집에서 10여 미터 떨어진 상가건물 3층에 사무실을 운영하고 간혹, 청국장이 생각나면 그곳으로 달려가서 식사를 하였다. 청국장 집 밑반찬은 일 년 365일 변동이 없었기 때문에 입맛이 없는 사람에겐 신선한 감동을 줄 수 없었다.

그런데도 그곳의 청국장은 집에서 콩을 띄워 만들었다는 사실을 강조한 탓인지 몰라도 단골손님은 변함이 없었다. 청국장 집 주인 할배는 젊은 시절에 복싱 선수였다고 엄청 자랑하면서 거침없이 원투 스트레이트와 어퍼컷을 구사하는데 폼 하나만으로도 무함마드 알리의 전성기 기량을 무색하게 만들었다.

때로는 식사하러 온 손님에게 팔씨름을 제안하는 경우도 있었으며, 할배와 겨룬 사람들이 패하면 발걸음을 뚝 끊어 버린다는 얘기를 전하면서 계면쩍은 표정을 짓기도 한다. 나에게도 몇 차례 팔씨름을 제안하였지만 귀동냥으로 받아넘기고 말았다. 인근 대학교 교직원들이 식사할 때는 그것을 자랑하려고 내 곁으로 슬금슬금 다가와서 '단골 교수'라고 넌지시 손짓으로 알려준다.

그리움은 채소처럼 푸르다

이 할배의 키는 1m 50cm에 불과하며, 얼굴은 두꺼비 관상으로 두 눈을 크게 부릅뜨고 식사와 반찬을 쉴 새 없이 나르고 있다. 60대 후반인 아내는 부엌에서 청국장을 혼자서 조리하고 있으며 아직은 찬모도 홀 서빙하는 도우미도 없다.

나는 이 식당에 올 적마다 한 번 이상 웃고 가는데 그 이유는 청국장집 할배의 키가 서커스단의 난쟁이 수준이지만 홀안에 손님이 가득찼을 때는 자신도 모르게 신바람이 나서 허공을 향해 원투 스트레이트와 어퍼컷을 날리는데 보는 이로 하여금 즐거움을 느끼게 하였다. 친분이 있는 사람들에게는 '방금 봤제? 봤제'라고 우쭐거리며 뽐내기도 한다.

단골손님에게는 물수건을 갖다주는 것이 아니고 전방에서 힘차게 던지면 두 손으로 받아야 하고 간혹 받을 수 없을 때는 방바닥에 떨어지고 말았다. 막상 청국장을 먹어 보면 별미가 아닌데도 손님들이 꾸준하게 찾아오는 것이 신기하다. 작년에 청국장 집이 2주간 문을 닫은 적이 있었지만 그때는 아내가 고혈압으로 쓰러져서 병원에 입원하였기 때문이다.

그날 이후로는 아내가 방에 들어가서 휴식하는 일이 많아 할배가 고함을 질러야만 주방으로 나온다. 얼마 전에는 "아내가 건강이 좋지 않아서 청국장 집을 폐업해야 할 것 같다."라고 푸념하면서 지난날의 기세등등한 모습은 온데간데없고 풀이 죽어 있었다.

만약에 청국장 집이 폐업을 한다면, 이 할배의 허풍도 사라질 것이며 원투 스트레이트를 뻗으면서 어색한 웃음을 짓던 표정도 볼 수 없을 것이다. 그는, 매일 새벽 3시에 기상하면 오토바이를 타고 자갈치 시장에 가서 부식을 구입한다고 하였지만 청국장 집 할배의 모습을 목격한 사람은 없었다.

어느덧 청국장 집 할배와의 인연도 5년 이상 지속되었으나 내가 세 들었던 건물이 매각되는 바람에 정든 지역을 떠나게 되었다. 그리고 바쁜 생활로 인하여 단 한 번도 그를 만날 수 없었지만 청국장이 먹고 싶을 때는 그의 기억을 떠올리게 되었다.

그런데 지난날에 사무실을 빌려 준 건물주가 다시 청국장 집 할배가 사는 동네로 이사를 하였다는 전화를 받고 명절 인사를 겸해서 그곳을 방문하게 되었을 때 할배의 근황을 알 수 있었다. 그가 가게를 수리해서 전세를 주었으며 최근에는 안집을 수리하기 위해서 직접 인부들을 독려하여 공사를 마친 후 피로가 겹쳐 쓰러졌는데 가족들은 별거 아닌 걸로 생각한 나머지 한참 후에 병원으로 옮겼지만 뇌경색으로 사망하였다는 얘길 들려주었다.

생전에 청국장 집 할배는 건물과 집을 두 채나 가진 것을 은근히 자랑하였으며 노후에 편하게 살기 위해서 돈을 저축한다고 말했다. 그는 늘 식당 안에서 지내는 것이 전부였기에 겉으로는 호걸인 척하여도 근검절약이 몸에 밴 사람이었다. 이제 청국장 집 할배의 인연은 끝났지만 단골손님들의 기억 속에서는 익살과 유머가 넘쳤던 할배의 모습이 살아 있을 것

그리움은 채소처럼 푸르다

이다.

평소에 청국장 집 할배의 소박한 일상을 지척에서 바라보고 인상 깊었
던 점이 많았기에 고인의 삶을 칭송하는 뜻에서 지면으로 소개하였다. 오
랜 세월 앞만 보고 달려간 청국장 집 할배가 천국에서는 편히 쉴 수 있길
기원한다.

풍산리

강원도 화천군 최전방 백암산에서 6개월 복무를 마치고 풍산리 의무중대로 전출되었다. 주간에는 군용차량과 군인들의 모습을 볼 수 있었지만 밤이 깊어 가면 귓전에서 들리는 새소리, 짐승들의 울음소리만 들을 수 있었다.

풍산리는 사방이 험준한 산으로 둘러싸였으며 동네의 주택은 띄엄띄엄 흩어져 있었다. 전세방을 얻은 집은 개울을 건너가야 사람들이 걸어 다니는 모습을 볼 수 있고 동네는 몇 개의 주점과 식당, 잡화점이 있었다.

우리의 보금자리는 주인집 안채와 동떨어져 있었으며 화장실은 황량한 공터에 자리 잡고 있었는데 입구는 거적때기로 가리개를 하고 뒤는 뚫어져 있었다. 한겨울에는 용변을 볼 때 궁둥이가 시렸으며 화장실의 널빤지 위에 발을 올려놓으면 찌근덕거리는 소리가 나고 불안하였다. 엄동설한에는 똥이 피라미드처럼 쌓여서 막대기로 밀어내고 일을 보았다.

우리 집의 길목에는 개울이 흘러가고 징검다리가 놓여 있었는데 유독 밤이 되면 달빛 아래 흘러가는 물소리가 요란하였다. 풍산리는 신혼생활을 처음으로 시작한 곳이며 안채와는 동떨어진 단칸방이고 폭이 좁은 툇마루와 어두컴컴한 부엌이 있었다. 아내는 저녁나절이면 툇마루에 앉아서 퇴근하는 남편을 기다리고 있었다.

식사는 날씨와 상관없이 방 안에서 하였으며 곤로에 불을 피우고 돼지고기 삼겹살, 고등어, 꽁치통조림을 이용해서 찌개를 만들어 먹었다. 그때는 식욕이 왕성해서 군대 라면을 곱빼기로 먹었으며 간식으로 통닭을 삶아서 먹거나 버터에 밥을 비벼서 먹었다.

주인집 부부는 40대 중반이며 우리는 20대여서 세대차도 있었지만 군인들을 상대로 방을 빌려주고 월세를 받았기 때문에 사무적이며 대화가 없었다. 식수를 길어오기 위해서 5분 거리의 논두렁을 걸어가야 했으며 논바닥 모퉁이에 있는 옹달샘의 물을 양동이로 운반하였다.

비상약품은 부대에서 소량으로 가져와서 사용하였으며 소화제가 떨어졌을 때는 동네의 잡화상에서 활명수를 구입해서 복용하였다. 강추위가 몰아치는 겨울밤 자정을 넘긴 시각에 갑자기 복통을 일으켜서 부대에서 가져온 소화제를 찾았지만 행방이 묘연하였다. 점점 복통이 심해지고 견딜 수 없게 되자 곤히 잠든 아내를 깨우고 잡화점에서 활명수를 사오도록 부탁하였다.

아내는 자정을 넘긴 시각에 개울을 건너간다는 사실이 두려웠지만 외출복을 갈아입고 방문을 열었을 때 휘영청 밝은 달이 어둠속을 환하게 비추고 있었으며 개울물 흘러가는 소리가 귓전에 스며들었다. 아내는 겁을 먹고 한 발자국도 움직일 수 없었지만 신랑이 죽겠다고 하니 어쩔 도리가 없었다. 아내는 용기를 내고 개울의 징검다리를 건너가서 잡화상의 문을 두드리고 활명수를 구입하였다.

만약 아내의 도움이 없었다면 나는 온전하지 못했을 줄 믿으면서 그날의 용감한 아내를 우러러보게 되었다. 스무 살 새댁은 김치를 담글 줄 몰라 날계란을 넣고 김장을 하였지만 신랑은 맛있다고 칭찬하면서 밥을 고봉으로 먹었다.

찬바람이 불고 문풍지가 흔들리면 아내는 무서워서 이불을 뒤집어썼는데 신랑은 그런 행동이 귀엽다고 껴안아 주었다. 나는 청춘의 뜨거운 피가 끓어올랐기에 영하 20도의 날씨에도 내의를 입지 않았던 시절이다.

이제 풍산리를 떠난 지도 강산이 다섯 번이나 바뀌고 말았다. 지금도 눈을 감으면 꿈속에서는 흰 눈이 훨훨 내리는 풍산리의 풍경이 떠오르고 따뜻한 아내의 손길로 채워진 사랑을 느끼면서 행복했던 시절이 주마등처럼 지나간다.

그리움은 채소처럼 푸르다

학교 전쟁

1960년에 4.19혁명이 일어났으며 부패한 자유당 정권을 무너뜨리기 위해서 학생들이 피를 흘렸을 때 인구 8만 정도에 불과한 '진주'에서도 학생들은 시가행진을 하거나 반정부 집회를 하였다. 당시 라디오와 TV방송을 통해 이기붕 부통령의 장남인 이강석이 권총으로 부모를 쏘아 죽이고 자신도 자살하였다는 뉴스를 접하게 되었으며 얼마 후에는 3.15 부정선거에 대한 책임을 지고 이승만대통령이 하야하고 하와이로 망명하였다.

그 시절은 국내치안은 물론 학원질서 또한 무법천지로 돌변하였으며 수업 중에 무단이탈하는 학생들과 화장실에 삼삼오오 모여서 흡연하는 모습을 흔하게 볼 수 있었지만 나는 체질적으로 술과 담배와는 거리가 멀었다.

당시 교내에서 성행한 클럽의 조직은 상급생이 회장이고 하급생은 회원으로 활동하였으며 마운틴(Mountain), 태양(Sun), 독수리(Eagle) 등이 있었으며 방과 후 산이나 남강 모래밭에서 클럽의 명예를 걸고 힘겨루기도 하였다. 일학년 재학 시 진주농고와 학교전쟁을 한 적이 있었다.

어느 날 농고 학생들이 집단으로 교정에 몰려와서 교실의 유리창을 향해 돌멩이를 던졌기에 우리들은 교단을 유리창으로 옮겨서 방어하였다.

그러나, 왜 그들이 운동장에서 돌을 던지는 것인지 이유를 알 수 없었다. 얼마 후에 지도부의 젊은 선생님이 운동장에서 농고 대표를 만나고 설득하는 모습을 지켜보았으며 농고생들을 인솔한 대표가 양손을 좌우로 움직이면서 해산할 것을 당부하였다. 그들은 일사불란하게 행동하고 있었다. 그런 일이 있은 지 며칠 후 '전교생은 운동장에 집합하라'는 교내방송과 함께 상급생들이 각반을 돌아다니면서 하급생들을 운동장으로 쫓아내고 있었다.

2학년에서 주먹이 가장 세다고 알려진 선배가 단상으로 올라가서 마이크를 잡고 열변을 토하는 내용을 들어 보니 얼마 전에 3학년 선배가 농고생들로부터 집단구타를 당하였으며 최근에는 학교로 쳐들어와서 행패를 부렸기 때문에 명문고의 체면이 손상되었다는 취지로 연설하였다.

연이어 3학년에서 웅변을 잘하기로 이름난 선배가 단상으로 올라가서 '우리가 이런 창피를 당한 것을 진주여고생들이 알고 비웃는데 여러분들은 어떻게 생각하십니까'라고 두 주먹을 움켜쥐고 열변을 토했다. 단상을 에워싸고 있던 선배들이 '농고로 쳐들어가자'라고 선동하였다.

그러자 여기저기서 우레와 같은 박수가 터져 나왔으며 이 삼학년 선배들이 앞장서고 일학년 후배들은 영문도 모른 채 꽁무니를 따라서 농고를 향해 진격하였다. 우리들은 운동장 주변에 흩어져있는 돌멩이를 한 개씩 주워서 양손에 들고 의기양양하게 철교를 건너서 농고 교정까지 쳐들어 갔다.

그리움은 채소처럼 푸르다

그리고 선배들의 지시에 따라 교실을 향해 일제히 돌멩이를 던졌을 때 유리창이 와장창 깨지는 소리를 들을 수 있었다. 조금 시간이 경과하자 농고생들이 밖으로 우루루 몰려나오고 있었으며 그들은 농기구 창고의 문을 열고 쇠스랑, 삽, 곡괭이, 낫, 톱, 호미 등을 끄집어내더니 우리를 향해 돌진하였다.

나는 무방비 상태로 이런 광경을 지켜보았으며 옆에 있는 친구가 '후문으로 피하자'라고 고함을 질렀기에 그의 뒤를 따라서 후문에 도착하였는데 약 1미터 높이의 탱자나무 울타리가 있었다. 우리들은 일단 걸음을 멈추고 뒤를 돌아보니 농고생들이 농기구를 소지하고 달려오고 있었다.

그 순간 동급생 친구들이 탱자나무 울타리를 뛰어넘고 있었다. 나도 엉겁결에 뛰어넘었다. 그리고 앞을 바라보니 아버지가 두 눈을 부릅뜨고 장승처럼 서 계셨다. 아버지는 혼자가 아니고 평소에 남강 모래밭에서 씨름을 가르친 제자들 5, 6명을 동행하고 있었다. 아버지는 라디오 방송을 듣고 아들을 보호하기 위해서 현장에 도착한 것이며 나는 가친을 발견하는 순간 두려움에서 벗어날 수 있었다.

농고생들은 아버지 주위를 포위하였으나 씨름하는 제자들의 덩치를 보더니 우왕좌왕 하였으며 주동자 한 명이 "안되겠다!! 빨리 도망가자"라고 말하였다. 조금 시간이 흐른 후에는 더 많은 농고생들이 집단으로 몰려왔다. 가친은 삼국지의 장비가 고리눈을 부릅뜨고 장판교에서 조조군을 향해 천둥같은 고함을 질러서 퇴치한 장면을 연출하였다.

'이놈들아, 더 이상 앞으로 나오면 너희들은 죽는다'고 꾸짖는 바람에 그들은 혼비백산해서 도망치고 말았다. 우리는 아버지와 제자들의 보호를 받고 남강 철교를 무사히 건너서 귀가하였다. 그날 오후 라디오와 TV 방송을 통해 다수의 진주고 학생들이 부상을 당해 김윤양 병원에 입원하였다는 뉴스를 시청하였으며 삼천포가 고향인 친구가 낮에 찔려 사망했다는 소문도 있었지만 가짜 뉴스였다.

훗날 밝혀진 학교전쟁의 발단을 간추리면 아래와 같다. 진주고 3학년 선배가 진주여고에서 미인으로 소문난 여학생을 좋아한 나머지 그녀의 집으로 찾아갔을 때 농고생과 데이트하는 현장을 발견하자 격분해서 농고생을 폭행하였으며 맞은 농고생이 클럽의 회장에게 자초지종을 보고해서 학교 전쟁의 발단이 된 것이었다.

나는 학교 전쟁이 발생한 지 43년 후에 진주를 방문하고 동기들과 함께 한정식집에서 저녁식사를 하였을 때 우연하게도 학교 전쟁의 여주인공을 만난 적이 있었다. 그녀는 가까운 자리에서 다소곳이 앉아 가족으로 보이는 사람들과 식사를 하고 있었다.

그날의 학교 전쟁을 기억하는 동기생이 그녀를 손가락질하면서 '바로 저 여자가 학교 전쟁의 주인공'이라고 일러 주었다. 그녀는 40여 년의 세월이 흘렀지만 매혹적인 눈빛을 발산하고 아름다운 각선미를 소유하고 있었다. 나는 두 눈을 감고 학교 전쟁의 뼈아픈 교훈을 되새기면서 감회에 젖었다.

그리움은 채소처럼 푸르다

할머니와 어머니

할머니는 비가 오는 날은 방 안에서 기도하였으며 눈이 오거나 바람이 불고 추운 날도 아랑곳없이 이른 새벽에는 마당 한가운데 정화수(井華水)를 떠 놓고 부처님과 천지신명님께 기도하였다. 기도하는 목소리는 낭랑하고 분명하였다.

할머니의 믿음은 기복 신앙이었다. 우리 장남, 우리 딸, 우리 막내, 우리 손자 모두 몸 건강하고 행복하게 하소서······

그런데 '사랑하는 우리 신랑 건강하고 행복하게 하소서~'라고 기도한 적은 없었다. 나는 할머니의 기도에 적응한 탓으로 으레 그런 줄로만 알고 있었다.

할머니는 약 한 시간가량 마당에서 달과 북두칠성을 보고 정성을 다해서 기도한 후에는 목탁을 치면서 「정구업진언 수리수리 마하수리 수수리 사바하」라고 낭랑한 목소리로 불경을 외우셨다. 나는 툇마루에 걸터앉아 할머니의 행동을 지켜보면서 귓전으로 불경을 익혔다. 불교 경전인 천수경(千手慶) 처음 구절이 '정구업진언(淨口業眞言)'이다. '입으로 지은 죄업(罪業)을 깨끗이 씻어 내게 해 달라'는 발원문(發願文)이다.

「정구업진언 수리수리 마하수리 수수리 사바하」는 깨끗하고 깨끗하고 아주 깨끗해서 좋은 본래의 우리의 마음을 성취하겠다는 뜻이다. 그것이 성취될 때 현재의 죄업도 소멸되기 때문이다. 할머니는 죄업을 해소해 준다는 천수경을 암송하기 전에 「정구업진언 수리 수리 마하수리 수수리 사바하」를 세 번 반복하였다.

이어서 나오는 '수리 수리 마하수리 수수리 사바하(修里修里 摩訶修里 洙修里 沙波訶)'는 사찰(寺刹)에서 예불(禮佛) 할 때 스님들이 독경(讀經)하기 전에 입(口)을 깨끗이 씻으려는 주문(呪文)이며 본래 산스크리트語인데 한자(漢字)로 전사(轉寫)한 것이다.

'수리 수리 마하수리 수수리 사바하'의 '수리(修里)'는 범어(梵語)인 '수디(sudhi)'에서 왔다. "길상존(吉祥尊)이시여, 길상존(吉祥尊)이시여, 지극한 길상존(吉祥尊)이시여, 원만 성취하소서~!"란 뜻이다. '길상(吉祥)한 존자(尊者)'란 뜻이며 '마하(摩訶)'는 '크다'는 뜻이다. 따라서 '마하수리(摩訶修里)'는 '대길상존(大吉祥尊)'이란 뜻이다.

'수수리(洙修里)'는 '지극(至極)하다'는 뜻이다. '사바하(沙波訶)'는 '원만한 성취'를 뜻한다. 쉽게 표현하면 '좋은 일이 있겠구나, 지극히 좋은 일이 있겠구나, 원만 성취하겠구나'이다. 여기에서 '사바하(Savāhā)'는 '원만하게 성취하다'라는 진언(眞言)의 내용을 결론짓는 말이다. 따라서 다른 진언(眞言)의 끝에 붙여서 '원하는 바가 이루어지게 하소서'란 기원(祈願)의 의미를 담고 있다.

초등학교 시절은 할머니의 영향으로 불교에 심취하였기 때문에 길을 걸어가면서도 '정구업진언'을 암송하였다. 그 시절의 할머니 연세가 어림 잡아 오십 세 정도이며 동작이 민첩하고 정신력이 강하였다. 거의 매일 새벽 5시 이후에는 할머니의 손을 잡고 이십여 분 거리에 있는 연화사를 찾아가서 부처님 면전에 엎드려 경배(敬拜)하였다.

그리고 법당에서 스님들과 아침 공양까지 마치고 귀가하였으니 어린 시절은 불심이 깊은 불교신자였다. 그런데, 중학교에 입학해서는 기독교 신자인 친구를 만나게 되었으며 주일예배를 참석하고 피아노 반주를 담당한 미모의 여선생님을 친누나처럼 따르게 되었다. 그렇게 반 년 이상 피아노 선생님을 만났는데 어느 날 갑자기 타지로 이사를 갔다는 소식을 접하게 되었다. 나는 눈물을 흘리면서 피아노 선생님을 다시 만나게 해달라고 간절히 기도하였지만 소망은 이루어지지 않았다. 그리고 피아노 선생님이 없는 교회에서는 더 이상 믿음의 불씨를 태우지 못하고 교회와 등을 지고 말았다.

그런 일이 있은 지 삼십여 년이 지난 후 서울에서 생활하시는 어머니가 막내 이모를 동행해서 부산을 방문하였다. 나는 46세의 나이로 괘법동 서부시외버스터미널 부근에서 헬스클럽과 식당을 경영하고 있을 때였다. 그런데 천주교 신자인 어머니가 "동근아 교회에 나가면 예수님이 십자가에 못박혀 우리를 대신해 돌아가신 것도 기억하고 감사하는 시간을 가질 수 있으니 교회에서 믿음을 충전하는 시간을 가질 수 있기를 바란다"라고 말씀하시는 순간 중학교 시절에 만난 피아노 선생님을 떠올리게 되었으며 얼마 후에는 교회를 다시 나가게 되었다. 아들을 교회로 인도한 어머니는 92세로 서울의 요양병원에서 소천하였으며 이 자리를 빌려 어머니의 명복을 빌어드린다.

화장실 탈출기

오늘은 집안의 화장실에 갇혀서 간신히 탈출한 이야기를 올린다. 평소처럼 화장실에 들어가서 별다른 생각없이 문을 닫았으며 샤워를 마치고 나서 온몸을 타월로 닦은 다음 행거 도어를 돌려 보았지만 문이 열리지 않았다. 진즉 열쇠수리공에게 의뢰해서 문을 고쳐야 하는데 차일피일 미루다 여기까지 온 것이다.

아내는 서울의 딸내미 집에 가고 없으니 고함을 지르고 문을 두들겨도 소용없는 짓이다. 화장실에 들어갈 때 휴대폰을 지참하지 않았으니 119에 신고할 수도 없으며 누구에게도 구원을 요청할 방법이 없었다. 화장실 찬장을 열고 샅샅이 훑어 보았지만 비누, 치약, 칫솔, 샴푸, 로션, 타월 외에는 공구라고는 발견할 수 없었다.

수세식 변기 위에 앉아 구원의 손길을 기다리고 있을 때 매일 아침 세탁물을 수거하기 위해서 아파트를 순회하는 남자가 떠오른다. 그가 지나갈 때 외치는 소리는 "세탁"이라는 두 마디여서 큰소리로 구조를 요청하면 반응할지도 모른다고 생각하였다. 하지만 나의 목소리가 그에게 전해질 것인지는 의문이다.

속수무책으로 애를 태우면서 정적의 시간은 흘러가고 있었다. 불현듯

지하철 구내에서 가판신문을 팔고 있는 노인이 오버랩되었다. 노인은 좁은 공간에서 누워 있거나 앉아 있을 때가 많았다. 간혹 밖으로 나와서 플라스틱 간이의자에 우두커니 앉아 있는 모습을 바라보면서 측은하게 여겼던 적이 있었다. 하필이면 이 시각에 그 노인을 떠올리는 것인지 알 수 없다.

그것은 머리가 뒤숭숭하고 자유롭지 못한 상태에서 한시바삐 벗어나고 싶은 열망이었다. 혼자서 전전긍긍(戰戰兢兢)하였지만 묘수가 떠오르지 않는다. 조금씩 불안해지는 가운데 이대로 밀폐된 공간에서 산소부족으로 죽을지도 모른다고 생각하니 갑자기 숨이 차오른다. 한편으로는 바보 같은 자신을 질책하면서 냉정해질 것을 당부한다.

문제를 긍정적으로 받아들이면 돌파구를 찾을 수 있다고 믿었다. 화장실을 탈출할 수 있는 특별한 아이디어가 떠오르지 않는 가운데 시간은 흘러가고 있었다. 「죽느냐 사느냐 그것이 문제인가」 햄릿의 고뇌를 떠올려 보았다. 아직은 그 정도에 도달한 것은 아니」라고 자신을 타이른다.

「마지막으로 한 번만 더 구원을 요청하자」라고 결심한다. 나는 주민들에게 끼치는 소음공해는 염두에 두지」 않고 인정사정 볼 것 없이 벽과 출입문을 두 주먹으로 쾅쾅 두들기면서 고함을 질렀다. 「거기 누구 없어요」 「거기 누구 없어요!」 나의 목소리는 애절하였지만 아무런 반응이 없었다.

나의 목소리는 공허한 메아리가 되어 사라진다. 몇 번을 반복하였지만 바깥에서는 아무런 반응이 없었다. 오히려 사방은 쥐 죽은 듯이 고요하다. 왜 이렇게 되었을까?

나는 눈을 감고 생각에 잠겼을 때 1967년 충청남도 청양 구봉광산(九峰鑛山)에서 양창순(본명 김창선)이라는 광부가 매몰되어 16일 동안 사투 끝에 극적으로 구조된 사건이 영화의 한 장면처럼 지나가면서 동병상련(同病相憐)의 정을 느끼게 되었다.

그는 "지상에서 내려보낸 밧줄을 묶은 널빤지를 타고 좁은 구멍을 통해 간신히 구조됐다"라고 말했다. 사고가 난 것은 그해 8월 22일 오전 8시. 구봉광산 배수부에서 막장의 물을 퍼내는 일을 했던 그는 건물 50층 높이인 지하 125m의 갱 안에 꼼짝없이 갇히게 됐다. 막장 안을 받치는 갱목이 너무 오래돼 썩어 무너져 내렸기 때문이다.

군에 있을 때 해병대에서 통신 업무를 담당했던 그는 망가진 군용 전화기를 이용, 갱 밖과 간신히 연락했다. 여름이었지만 갱도 안은 섭씨 15도 이하였다. 그는 "갱도가 무너져 암흑천지가 됐고 추위 때문에 온몸이 떨렸지만 침착하려고 노력했다"라고 심경을 밝혔다. 양 씨는 천장에서 떨어지는 물로 목을 축이면서 버텼다. 많이 마실 경우 체내의 염도가 너무 저하될 것을 우려해 하루 맥주 컵으로 한 컵 정도만 마셨다고 한다.

그는 "아무것도 먹지 못해 3일까지는 통증이 대단했으나 그 이후는 별 느낌이 없었다"라고 했다. 그는 힘이 빠지면 누워 있다가 잠드는 생활을 반복했다는 기사를 떠올리면서 .「그래도 양창순 씨에 비교하면 나의 현실은 새 발의 피가 아닐까」라고 자위하였다. 고요한 시간이 흘러간 후에 탈출의 용단을 내렸다.

왼손으로 스테인리스 손잡이를 움켜쥐고 오른손 주먹으로 내리친 순간 손잡이는 파손되었지만 문은 열리지 않아서 오른발로 문짝을 향해 옆차기를 하였다. 엉성한 합판이 우지직 소리를 내면서 찢어지고 뻥 뚫린 구멍 사이로 나무 가시가 쭈뼛 쭈뼛 불거져 나온 것을 확인하였다.

낮은 자세로 몸을 움츠리고 구멍을 통과해서 빠져나오는 순간 나무 가시에 찔려 상처를 입었다. 거실 바닥에 널브러져 있는 합판 부스러기를 청소하면서 허탈하게 웃었다.「어떻게 이런 일이 나에게 일어날 수 있는가」라고 혼잣말을 하였다. 아내는 방금 일어난 막장 코미디를 모르고 있겠지?

나중에 아내가 귀가하면 그냥 지나갈 리 없을 것이다.「당신이 잘 하는 건 부수는 일이다」라고 핀잔을 줄 것이 뻔하다. 그래도 나는 잘못을 저질렀기 때문에 눈치를 살피고 벙어리가 돼야 할 것이다. 그러나 화장실 문을 부수지 않았다면 양창순 씨처럼 16일 만에 구조되었을지도 모른다.

화장실을 탈출할 수 있는 유일한 방법을 선택하였으니 더 이상 고뇌할 필요도 없었다. 곧바로 화장실 문짝을 교체하기 위해서 도어 전문점에 전화를 걸고 제작을 의뢰했다. 문짝 수리 비용으로 20만 원을 지불하였다.

고장 난 문을 제때 수리하지 않으면 대가를 치른다는 교훈을 얻었으니 그
것 또한 큰 수확이라고 여기면서 자신을 위로하였다.

회장님

실버 대학교 동기회장은 평소에 자신을 칭찬하는 일이 많았으며 그녀의 십팔번은 「나는 산소 같은 여자예요. 나는 대나무처럼 절개가 굳은 여자이고 나는 정도를 걷는다」라고 거침없이 자랑하였다.

얼마 전에 회장님이 친목회원을 인솔해서 전남 여수로 1일 관광을 떠났다. 45인승 관광버스를 대절했는데 한 명이 추가되는 바람에 출발 직전에 버스기사와 실랑이를 벌였다. 「아저씨 좀 봐 주세요 나중에 한 명을 추가로 계산하겠심더」라고 사정하였다.

그러나 키가 크고 인물이 잘생긴 기사는 완강하게 거절하면서 출발할 수 없다고 하여서 회장님의 신경이 곤두서고 열을 받게 되었다. 회장님이 버스기사를 향해서 열변을 토하였다. 「얼굴이 못생겼으면 이해하지요. 키라도 작으면 용서하지요 이렇게 잘 생긴 분이 고집이 세다면 우리도 어쩔 수 없지요. 아저씨 마음대로 해 보세요」라고 정곡을 찔렀다. 그런데, 고집불통 버스기사가 갑자기 마음이 바뀌면서 간이의자를 제공하면서 관광버스는 순조롭게 출발하였다.

버스 속에서 남자 회원이 "아침식사를 빨리 안 주는 이유가 무엇이죠"라고 항의하였다.

그리움은 채소처럼 푸르다

회장님이 상기된 표정으로 말한다. 「보소 보소 사나이 대장부가 그까짓 아침식사 한 끼를 못 먹는다고 불평하면 되겠소? 여자들이 배고프다고 하면 이해하겠지만 사나이 대장부가 그러면 되겠소? 여기서는 떡하고 음료수 먹고 여수에 도착해서 점심 맛있게 먹어요」라고 일갈하였다.

그러자, 여성회원들이 이구동성으로 「옳소, 옳소」하면서 손뼉을 쳤다. 그 남자는 더 이상 이의를 제기할 수 없었다. 그러나 준비한 음식이 부족하여 또 다른 남자 회원이 불평하였을 때 회장님은 눈을 흘기면서 말하였다. 「내가 먹으려고 준비한 과일과 유기농 식품을 당신에게 선물하겠으니 혼자서 다 먹고 입 좀 다물고 갑시다」라고 그 남자에게 보따리를 안겨 주었다.

남자는 회장님의 간식을 받아먹었지만 배탈이 나서 길가에 버스를 세우고 논두렁에서 볼일을 보았다. 1일 관광을 다녀온 이후로 회장님은 더욱 열받는 일을 당했다. 정기적인 월례회를 마치고 여러 명이 노래방에 가서 잘 놀았지만 계산할 때는 회원들이 이 핑계 저 핑계를 대고 도망가는 바람에 회장님이 사비를 지출하였다.

그런데 다음 월례회에서 노래방 비용을 거론하자 예전의 남자 회원이 또 시비를 걸고 넘어지는 바람에 회장님은 우레 같은 목소리로 화를 내고 말았다. 「보소, 보소 내가 사비로 지출했는데 당신이 도와줄 수 없으면 입을 다물고 계세요」라고 속사포로 면박을 주었다. 그리고, 회장님은 회원들 앞에서 일장연설을 하였다.

「내가 살고 있는 아파트 경비원이 우리 아들에게 물어본 말이 뭣인지 소개할게요. 혹시 어머니가 기업체 회장인가요」라고 물어보았어요. 그래서 우리 아들이 답변하기를 「어머니가 회장인 것은 맞지만 돈 쓰러 다니는 친목회 회장입니다」라고 답변하였어요.

그날 회장님의 일장연설을 경청한 이후로는 회원들이 머리를 조아리면서 충성서약을 하였으며 죽을 때까지 회장님으로 모실 것을 만장일치로 가결하였다.

그리움은 채소처럼 푸르다

그리움은 채소처럼 푸르다

ⓒ 양동근, 2025

초판 1쇄 발행 2025년 2월 26일

지은이	양동근
펴낸이	이기봉
편집	좋은땅 편집팀
펴낸곳	도서출판 좋은땅
주소	서울특별시 마포구 양화로12길 26 지월드빌딩 (서교동 395-7)
전화	02)374-8616~7
팩스	02)374-8614
이메일	gworldbook@naver.com
홈페이지	www.g-world.co.kr

ISBN   979-11-388-4026-2 (03810)